不遇の天秤

野良猫たちの物語

最上 終
Mogami Shu

風詠社

目次

装幀　２ＤＡＹ
装画　最上　終

不遇の天秤　―野良猫たちの物語―

プロローグ

「アニキ！　アイツだ、ボスが来たんだよ！」

連日降り続いた雨も上がり鳥たちが騒いでいる。替わりにやって来た太陽は心なしか普段よりも張り切っている様に思う。

下がっていた体温がようやく戻ってきた矢先にアイツはやって来た。

「今どの辺だ？」

「もう魚屋の前まで来てる！」

俺たちが今居るのは縄張りの中心地にある生家《せいか》の庭先だが、魚屋の前とは目先にある角を曲がれば直ぐじゃないか。

「他の奴らは何している？」

「どこにも見当たらないんだ」

「くそっ……」

ブロック塀から飛び降りると眼前には既に太太《ふてぶて》しい面構《つらがま》えのアイツが俺たちを見据えていた。

「久し振りじゃねぇか、ハチワレのア・ニ・キ」

「相変わらず太ってやがるな、キジトラのボス」

高い塀に囲まれた、この一本道ならば好都合だ。とっとと追い返してやる！

「アニキっ、危ない！」

ガリの叫び声に身構えるが突如として頭上から振り下ろされた鉤爪《かぎづめ》に反応が遅れ、これを背で受けると転がるように身を翻《ひるがえ》す。しかし背後から迫る無情な二対《につい》の牙が手足に喰らいついた。

「卑怯《ひきょう》だぞっ！」

「卑怯？　アニキよ、これが戦争と言うものだ」

ゆっくり近付いて来るボスを押さえつけられたままの姿勢で睨みつけるが圧倒的に相手の優位は揺るがない。俺を見下ろしながら鉤爪を一本ずつ丁寧に舐めていく。片手が磨き終わった次の瞬間、俺の視界は半分を失った。

「やめてよ、アニキを虐めないでよ！」

「誰だテメェ！」

「ガリ、隠れてろっ！」

「……そうか。そいつも、やっちまえ」

兄弟を守るために備わった力なのか、いつもよりも感覚が研ぎ澄まされ昂《たかぶ》る感情が抑えきれない。

「ガリに手を出すなっ！」

手足を抑えていた二匹に生じた一瞬の隙を見逃さず、飛び退くようにして拘束から逃れると攻勢に打って出る。手前のキジトラ二匹はただの雑魚だ、渾身の右ストレートは髭《ひげ》を掠《かす》めた程度だが恐怖を与えるには充分だったらしい。

後退《あとずさ》る二匹を横目にボスとの間へ、悠然《ゆうぜん》と割り入ったのは一番最初に塀から飛び掛かって来た鯖白のコイツだ。

「噂《うわさ》程の方では無さそうですね」

「見ない柄だ。この辺の奴じゃねーな」

後方からボスが答える。

「ウチの舎弟だけでも充分なんだが念には念を、と思ってな。傭兵として多くの武勇を誇る【鯖白の律《りつ》】さんに声を掛けたんだよ」

ボスは見掛け倒しだとしてもコイツは、確かにヤバそうだ。

「柄もそうだが名前まで変な奴だな」

「フッ。手懐《てなず》けている人間がそう呼ぶので応《こた》えてやっているだけですよ」

会話が途切れ緊張が高まっていく。全身を震《ふる》わせながら毛を逆立《さかだ》て、半身になると二匹は弧《こ》を描くように間合いを詰めた。連日の雨が作りだした水溜《みずたま》りは律の前脚《まえあし》を滑《すべ》らせる。

今だ！

勢《いきお》いよく飛び掛かり律の喉元《のどもと》に喰らいついた。

「離せっ！」

「誰が離すか！」

二匹の喧騒《けんそう》が塀から塀へと反響《はんきょう》し気付けば縄張りの外からも多くの立ち見猫が集まっているようだ。この縄張り戦争に負ければ俺たち兄弟の居場所が無くなる。それだけは絶対に避けなければならない。

暴れる律の四肢から繰り出される鉤爪が何度も失った右目を抉《えぐ》り、腹部を殴打し、身体中を切りつける。痛覚はとっくに限界を振り切っているが決して顎の力を緩めず、喉元に噛み付いたまま頭と体を両手で地面に押し付けた。

やがて律の全身から力が抜けていくのが解ると、顎の力を緩め白い毛に付着した斑《まだら》な黄色を見下ろす。血の味だ、何故か血を舐《な》めると闘争心《とうそうしん》が掻《か》き立てられる。顔を舐めながら辺りを見渡すと見物猫たちやボスは既《すで》に居なくなっていた。

「アニキっ、大丈夫?」

「ガリ、行くぞ……」

駆け寄って来たガリと共に一先ずはこの場を離れようとしたのだが思うように身体が動かない。隠れていれば良かったのに出て来ちまうから……。痩せ細った身体には無数の傷跡が残っている。

「しっかり守ってやれなくて、ごめ……」

「えっ、アニキ?　アニキーっ!」


目覚めると生家の軒下《のきした》に居た。この場所で俺たちは生まれ、共に育ったんだ。

目の前には旨そうな魚の頭《かしら》と人間が持っている不思議なビニールが一本置いてあった。

何とか咥《くわ》えると顎に力を入れビニールに穴を開けていく。このビニールを噛むと信じられないほど旨い汁が溢れ出してくるんだ。

食事を終え立ち上がろうとするも上手く起き上がれない。律にやられた傷が未だ癒えていないようだ。そう言えば視界も右側がよく見えない。

『コラーっ!』

突然の怒鳴り声に思わず身構える。ドタドタと草木を掻き分け現れたのはコラだった。

「良かったアニキ！　気が付いたんだね」

「コラ、無事で良かった……」

そうか。さっきのビニールや魚の頭はコラが盗って来てくれたんだな、ありがとう。コラは俺の次に身体が大きい二番目の弟だ。こうやっていつも食料を盗ってきてくれるたび人間に『コラ』と呼ばれているので、そう呼ぶ事にしたんだ。

「アニキが元気になってくれるなら、いくらでも盗ってくるよ」

「コラ。その傷はどうしたんだ？」

「大丈夫、なんでもないよ」

人間の住処に侵入して食料を盗ってくるのは容易では無い筈だ。コラにいつまでも危ない橋を渡らせる訳にはいかない。

「ありがとう。早く傷を治すよ」

「うん！」

「アーニーキー、良かったあ！」

バタバタと騒がしいのがやって来た。

「ガリ。傷はもう良いのか？」

「こんなのアニキに比べたら、へっちゃらだよ！」

骨の浮き出た身体には痛々しい爪痕が残っている。ガリは昔から少食で無理に食べさせようとしても直ぐに吐いてしまう虚弱体質だが一番下の弟という事もあり世話が掛かる分可愛い奴だ。

「ジイはどうした？」

「あれからずっと塀の上で見張りをしてくれているんだ」

「俺はどれくらい寝ていたんだ？」

「丸二日だよ。アニキが死んじゃったらどうしようって……」

「そんなに寝ていたのか？　すまなかったなガリ」

擦り寄るガリの顔を優しく舐めてやる。

「ジイも呼んでくるから皆で毛繕いしよう」

男四兄弟で女が居ないせいか猫一倍、世話焼きなのがコラの特徴だ。「女みたいだからやめろ」と何度言っても聞きやしないが本当にいつも助けられている。

三男のジイは俺によく似ているが一回り身体が小さいしムダ毛が多くて何だか老けて見えるから、前に物知り先生から教わった人間の言葉で年寄りを意味する名前を付けてやったんだ。大人しく物静かな性格だがとても頭が良く、暇さえあれば海岸沿いにある先生の所へ、行って色々と教わっているらしい。

姿形《すがたかたち》は似ていても性格はまるでバラバラだけど補い合って丁度良い。この四兄弟でずっと暮らしていきたいと思っている。いつまでも。

名前はまだない

あの頃の記憶は忘れもしない。

凍える夜を堪え抜き、明けてきた空に高揚する。朝靄の中を疾走しては飢えと渇きを押し殺し「飯をくれ」と宙《そら》に叫ぶ。

兄弟たちは皆やせ細り、俺自身も空腹からかなり気が立っていた。

「畜生っ、こんな日に限って飯無しかよ！」

いつも通るコース上の最初に訪れる庭先で少し待ってみたが、どうやら今日は飯無しの日らしい。本来ならばここで自身の飢えを少しだけ満たしてから、次の家へと向かい飯を乞うのが日課。しかし貰えない日は後からやって来る兄弟たちの事も考え、この先で得られたとしても食べる量を減らさなくてはならない。

人間とは実に気まぐれな生き物だと常々思う。新たな飯場《はんば》が出来たと思えば数日の内に飽きたのか声すら掛けられなくなる。その度に掻き乱され新たな飯場を求めて俺たちは彷彷徨《さまよ》うんだ。

「人間をアテにしてはいけない、人間は利用するもの」先代の言葉を反芻しながら再び空腹を押し殺し、先を急ぐ。

「飯をくれ、腹が減っているんだ！」

何故、今日なのだろう。こんな日に限って昨夜は飯を譲ったのだった。

「ゴミを漁るほど飢えてねーから、俺はいいよ」と流れの旅猫にくれてやったゴミ袋を思い出す。

この世界は決して甘くない。本来なら縄張りの長である俺が旅猫を見逃す事などあってはならないのだ。他の猫たちに見つかってしまえば糾弾され最悪の場合、今の立場と縄張りを失うだろう。しかしあの茶トラは間違いなく妊娠していた。

「俺も甘いな……」

後悔するくらいなら初めから追い返せばいい。だが俺には出来ない、まして母猫を飢えさせたままにしておく事など出来る筈が無かった。

母を知らない猫たちは星の数ほど居るだろう。俺たち兄弟は顔を知っているだけ幸運なのかもしれない、例えそれが死に顔であったとしても。出ない乳を吸っては泣き叫ぶだけの弟たちを横目に、どうすればいいのかひたすら考えていた。横たわったまま何も答えてはくれない母の乳首が千切れた時、初めて死んでいるのだと悟った。

兄弟たちを置いて薄暗い軒下から陽光が差す外の世界に飛び出すと奇跡的に集まっていた人間たちから得られた食料で俺たちは一命を取り留めたのだ。

俺が生まれた時点で既に母の容体はかなり悪く、栄養が足りていなかったのであろう痩せこけた皮膚が脳裏に甦る。一匹でさえ生きていくのが辛いこの世の中で、小さな身体の中に幾つもの命を宿し腹の子の分まで喰わねばならない母という存在は尊い。

そうして俺たちは生まれ、代わりに母は死んだのだ。

感傷に浸っていると次の家の方で窓を開ける音がした。「飯だっ！」我に返り現実の空腹と再び相見《あいまみ》え、音のした庭先へ向け駆けて行くと洗濯物を干している人間を見つけるや否や足元へ擦り寄り飯を乞う。

『あら、たまちゃん、おはよう。今日も元気がいいわね』

「早く飯をくれ！　早く……」

言葉とは裏腹に眉間や顎下を撫でられると何故こうも力が抜けるのか。ああ。気持ちがいい、もっとこうしていて欲しい。兄弟たちが待っているんだが、もう少しだけ。

『たまちゃん、お腹空いてるの？』

「もっと撫でてくれ」

『ちょっと待ってね』

「もう終わりか？」

人間とは実に気まぐれな生き物だと常々思う。俺たちの言葉が解っているのかと思えば見当違いな事ばかり。その度に心を乱されプライドを傷つけられる。覚えていろよ。

『お待たせ』

次の家に向かうため踏み出した前脚と、空腹から研ぎ澄まされた嗅覚とが交錯し前のめりに転倒するが直ぐに起き上がると、差し出された器を覗き込み貪《むさぼ》るように喰らった。気付けば器の中をいくら見つめても弟たちの分は見当たらない。しかし、こう、舐めると、まだ、味がする……。

しまった、どうしよう。もうそろそろ弟たちがコースを歩いて来る頃だ。それまでに飯を貰っておかなければならないのに。慌てて次の家へと駆けだした。

「誰か、飯をくれぇ！」

次のこの家は正直アテにならない。姿を見せれば撫でてくれるものの飯をくれた事は数える程度。当然ながら甘え方にも差を付けざるを得ないだろう。俺は現実主義だからな。

『おはよう、ハチぃ』

「変な名で呼ぶなっての」

『撫でて欲しいのかぁ？』

「ったく……、上手いじゃねぇか」

俺はこんな事をされている場合じゃない。逸早く兄弟たちの飯を確保しなければならないのに。畜生っ……。

「もう少し、頼む」


猫とは不便な生き物だ。何を考えているか分からない人間に媚びを売り、飯を乞う。その度にプライドを捨て、誰にでも身を任せるんだ。生きていく為に仕方のない事だとは言え心底、嫌になる時がある。

例えばコイツは『ハチぃ』と呼ぶし、前の家の人間は『たまちゃん』と呼ぶ。『クロ』と呼ぶ奴もいれば『オイ』とか言う奴も居る。

呼び方なんてものは所詮そいつの自己満足でしか無いのだ。俺たちは適当に甘え、満足し癒された人間は飯を払う。それだけの関係だ。猫の生き方とは虚しいだけだな。

しかし気を付けなければならない人間も居る。「猫嫌い」だ。大抵の人間は意図も簡単に手玉に取れるが、稀に近付くだけで発狂し叩こうとしたり捕まえようとして来る奴が居るのを忘れてはいけない。そういう危険な人間によって犠牲になった猫をこれまでに何度も見て来たからこそ分かった事がある。

先ず、簡単に身体を触らせてはいけない。直ぐに触らせると尻軽の猫に見られ舐められるからだ。次に、繊細さを見せ続ける事だ。ちょっとした物音などにも大きなリアクションを取り、恐がっている方が優しくしてもらえる。最後に、腹見せについてだ。数回程度の関係では絶対に駄目だが、俺はせいぜい十回くらい飯をくれたら腹を見せるようにしている。ここまで許すと、その人間はもう下僕に近い。甘える度に飯をくれるようになる。ただし注意しなくてはいけないのが人間の嫉妬心だ。万が一、腹を見せて撫でられている場面を他の人間に見られてしまうと嫉妬から暫く飯をくれなくなる可能性があるんだ。俺たちは人間の所有物ではないが腹見せまでを許した人間を作り過ぎて失敗した猫は大勢居る。

初めはほんの出来心だった。空腹でまともに動く気力も無く、たまたま近くを歩いていた人間の脚に擦り寄ってみたのが始まり。媚びを売るのは簡単で難無く飯を貰える事に味を占め、いつしかこんな生き方になってしまった。

世の中には人間に媚びない猫も居る。そんな生き方をカッコイイと思っていた時代も確かにあったが現実はそう甘くない。三匹も弟たちを抱えて食っていけるような世界じゃないんだ。

人間と距離を置く奴らからは後ろ指を指され、常に誰かと比較しながらプライドを捨てて媚びを売る。身体よりも心を削り、胃を満たして己を捨てる。こんな生き方をいつまでも続けられる筈が無い。そんな事は解っていても今さら元には戻れない。捨てて来た心はもう元通りにはならないんだ。

『今日はハチィにおやつがあるよぉ。ほら』

「なっ！　これはっ……」

弟たちよ、すまない。俺は、この、不思議なビニールだけは……。

この後の記憶が曖昧だが口の周りには幸せが付着していた。

「おっはよー」

「……うおっ！」

「どうかしたの？」

振り返ると一番下の弟が居た。

「……違うんだ」

「ん？　何が違うの？」

「見て、いなかったのか？」

「何を──？」

「……そうか。すまない」

つい焦ってしまったが徐々に冷静さを取り戻していく。

「あれっ、何か良い匂いがするぅ！」

匂いを辿りながら近付く弟を避けるように距離を取り歩き出す。

「行くぞ。お前たちの飯を貰わなくちゃならない」

「今日はもう食べたよっ」

「えっ？」

「二番目のおにぃが盗って来てくれたんだ」

「またか……」

「一番のおにぃの分もあるよ！」

「……そうか」

「一番のおにぃを呼びに来たんだ。ウチに帰ろっ」

我が家である生家の軒下には幾つかの人間が作った飯の袋や魚が散乱していた。長兄たる面子が丸潰れだが二番目は時々こうして飯を盗ってくる。その度に『コラっ！』と人間から激しく追い立てられているが意にも介さず平然とやってのける肝の据わった凄い奴だ。

「残りは全部、一番のおにぃが食べていいよ」

「お前ってやつは……」

兄弟の中で最も面倒見のいい二番目はいつもこうして兄弟たちを気遣ってくれる。その優しさが時に重く、俺の心を傷つけている事など気付く筈が無いだろうな。

「ありがとう。でもあまり無茶し過ぎるなよ」

「大丈夫だって。人間の家に侵入する事くらい簡単だよ」

「そうか」

「……食べないの？」

「忙しくてな。直ぐに行かなきゃならない、皆で俺の分も食べてくれ」

情けない。先代から引き継いだこの縄張りを護っていかなきゃならないのに。兄弟を食わせていく為にプライドを捨て人間に媚びる生き方を選んだのに。駄目だな、最近はどうにも心が弱くなってきた。

生家の裏通りを抜け海岸に出ると少し行った先に腰を下ろす。ちょうど真上に昇った太陽が身体を芯から暖め、乱れた心を静めるように眠気を誘う。

「考え事かね？」

「……っ、先代っ」

「その呼び方はもう、やめてくれ。今は皆に物知り先生と呼ばれているよ」

老いた先代は縄張りの長であった方だ。あの縄張りで人間が俺たちに飯をくれるのは一定の関係を築き上げてきた先代のお陰だった。

「先生は、何で俺なんかに縄張りを譲ったんですか」

「ほぉ。病んでおるな」

「俺なんかでは長は務まりません……」

「何故、そう思う？」

「駄目なんです。人間に撫でられると気持ちいいけど、冷静でいられなくて」

「猫なら撫でられれば気持ちがいいもんじゃ」

「不思議なビニールには目が無いし……」

「アレの魔力には儂も勝てんよ」

「兄弟たちは俺なんか居なくたって……」

「それは違うぞ。お前があの子たちの精神的な支柱であることは明らかじゃ」

「二番目の方が、よっぽど兄らしくて……。面倒見も良いし」

この方の前だと何故か何でも話せてしまうな。

「ふむ。先ずその一番だとか二番だとか言う呼び方が良くないんじゃ」

「名前を付けろって事ですか?」

呼び方なんてどうでも良いと思うけど。

「そうじゃ。お前たち兄弟のように俗物的な名称で呼び合うなど、どうかしとる。生まれた順番に一体何の意味がある? 先に生まれたものが後に生まれたものを護るという想いならば象徴すべき名前で呼び合うべきじゃろう」

「名前……」

「お前はまだ若い。猫だけでなく人間の卑しい部分や動物の本能的な部分に触れ、これから先も多くの葛藤に苛まれるじゃろう。だがお前は何の為に生きている? 一番目に生まれた責任の為か? 二番目や三番目が自分より下だから護るのか? 一番下が弱い奴じゃから、しょうがなく護るのか?」

「違う、そうじゃない」

そんな理由じゃない。少なくとも俺は兄弟たちと生きていく為に……

「二番目以降に生まれた奴らは、お前よりも下なのか? 常に護ってもらわなきゃ生きていけないのか?」

「そんな事は……」

「一番目に生まれたから弟たちを護ろうという考えは素晴らしい。だが彼らなりの主張を認めず自分だけで何とかしようというのは、余りにも烏滸《おこ》がましく彼らにも失礼じゃろ」

そうなのか？　俺が結果的に兄弟たちを否定していたのか？

「兄弟だからこそ互いに認め合い、尊重し合って助け合うべきじゃ。今のお前にはそれぞれの事が見えていない。兄弟としてではなく、それぞれに個として向き合うためにも名前を付けてやるんじゃ」


名前か。結局、考えようとして寝落ちてしまったが陽も傾き肌寒くなってきた。そろそろ兄弟たちの下に帰ろう。先生の言葉を一つずつ反芻しながら今までの自分を改めて見つめ直してみる。

そう言えば俺が生まれた順番を最初に言い出したんだっけか。確かに生まれてきた順番で何かを制限されるほど馬鹿らしい事は無いな。言ってしまえば同じ日に生まれている訳だし、ただ俺の方が少しだけ皆より身体が大きかった位か。

俺の次に身体の大きい二番目は対照的な性格の奴だ。昔から変に気が利くし頼んでもいないのに毛繕いをして回る女みたいな猫だった。けど、きっと、兄弟の中で一番勇気があるのは二番目なのだろう思う。

「あれは確か、一歳の誕生日を迎える少し前の事だ」


『コラーっ、泥棒猫め！』

生家の軒下で隠れるように住んでいた子猫時代。空腹と戦いながら何が食べられるのか試しては吐いてを繰り返す日々だった。人間や、近隣に住む猫たちの影に怯えながらゴミ袋を漁り、主に虫と草で食い繋ぐ中、二番目だけは違っていた。

「盗って来たよー」

「わぁ！　やったぁ！」

喜ぶ下の弟たちを横目に、長兄として時には厳しい事も言わなければならない。

「二番目。無茶ばかりしやがって」

「大丈夫だって。人間の家に侵入する事くらい簡単だよ」

「あのなぁ。俺は心配して……」

「はいはい、ありがとう。一番目のおにぃは要らないのね。せっかく不思議なビニールを……っと、うわぁっ！」

昔から不思議なビニールだけには敵わない。

「フフっ。結局食べるんじゃん」

「食べないなんて言っていないさ。ただ気を付けろよ、と」

「はいはい。ありがとう」

常に人間を見下し「のろま」と罵ってきた二番目だったがある時、三日三晩戻って来ない事があり泣きじゃくる一番下の弟を三番目に託すと俺は捜索に出たのだ。

人通りは少なくとも猫たちが活発になる深夜帯を避け、朝靄の中を駆け回る。しかし何処にも二番目の姿は無く、焦燥感に駆られ空腹すら感じられなかった。もしも二番目の身に何かあれば俺たち兄弟はどうすればいいのか。毎日ゴミ漁りと虫の死骸では弟たちも嫌気が差すだろう。とは言え人間の家に侵入する事など俺に出来る筈が無く養う手段が見つからなかった。無事であってくれ……。


「止まれ、そこのハチワレ。儂の縄張りを荒らす不届き猫めっ！」

突如として目の前に現れた巨躯のキジトラに驚きはしたものの、この時の俺は二番目を捜索中で他のモノに気を割く余裕が無かったのだ。

「縄張り？　何の事だよ。悪いが急いでいるんだ」

立ちはだかるキジトラを押し除け、先を急ごうとする俺の腹に強烈な猫パンチが炸裂し一瞬、意識が飛びかけた。

「何しやがる……っ」

「いい度胸しておるな」

「てめぇ……、邪魔しやがって」

「邪魔？　儂の縄張りを荒らしておいて、よく言うわ」

「だ、か、ら、縄張りなんて知らねーよ」

「問答無用！」

「話が通用しない爺《じじい》だな」

「若造が。来いっ！」

その時、周辺を取り囲む見知らぬ猫の存在に気付いた。ほぼ同時に気付いたであろうキジトラから早々に一時休戦の申し出を受けたものの状況は芳しくない。

「早速じゃが、ここは一時休戦といこうかの」

「俺がいきなり殴られただけじゃねーか！」

「まぁ待て。お前が本当に縄張りを荒らしていないのなら行動で示して見せろ」

「何だと？　喧嘩に参加しろってのかよ」

「どちらにせよ、お前の意思とは無関係に奴等は襲いかかってくるじゃろ」

嵌められた。

いや、運が悪かったのだろうか。いずれにせよキジトラが言うように逃げ道は無さそうだ。七、八匹はいるだろう前後からゆっくりと歩み寄る様々な毛種の猫たち。無意識に背中を預け前方の敵に集中する。

「ハチワレの若造よ、やれるか？」

「やるしかねーだろ。ったく……」

「頼もしいのぉ」

合わせた大きな背中は逞しく、心強かった。

「……行くぞっ！」

身体全体を大きく見せるため手脚をいっぱいまで伸ばし、尾を垂直にピンと立て斜に構えると相手に合わせ旋回する様に近付いていく。幸いなことに先導していた黒猫は比較的小柄で細身だったためサシの勝負では負けない筈だ。だが他三匹の猫たちの動向が気になる。このまま旋回しては挟み撃ちにされかねない。

そこで俺は思い切って横歩きし一気に距離を詰めたのだ。黒猫も呼応して横歩きで向かって来たが勝負は一瞬。勢いよく繰り出した左フックが顔面を捉え、鉤爪が皮膚に食い込んだ。そのまま飛び掛かり渾身の右ストレートで横っ腹を突き押し倒すと、喉元に噛み付く。あまりに脆弱な身体だった黒猫があっさりと負けを認めるや否や、連れ立っていた他の猫たちは一目散に逃げ出したのだった。

「なかなかだ。ハチワレの若造よ」

「次は爺だぞ」

高揚した勢いそのままに振り返り様つい食って掛かったが、キジトラの後方には倒れたまま動かない三匹の猫と、辛うじて一匹が脚を引き摺りながら立ち去ろうとしていたのだ。相当強いな、この爺。

「フッ。威勢がいいな若造」

「……上等だ！　いくぞっ」

「まぁ待て。名前は？」

「名前？　そんなモノはねーよ」

「そうか。何か急いでいるんだろう？　疑ってすまなかったな。日を改めて顔を見せに来い、色々と教えてやる」

「何だよ。ビビったのか？」

助かった……。そうだ二番目を探さなくては。

「若い時の自分を観ている様だ……」

「俺が爺みたいになるって言うのか？　それより、俺と同じ柄の奴を見なかったか？」

「ハチワレか？　確か、二日ほど前になるが角の家の縁側で様子を探っているような怪しい奴が居たな」

「そこだ！　あの、角の家だな。助かった、ありがとう！」


二度目の朝靄の中、教えられた角の家の方で紙が千切れる音や何かが倒れる音がし、遅れて人間の叫び声が聞こえてきた。

『コラっ！　待ちなさい！』

音のする方へ駆けて行くと二番目が息を切らしやって来たのだ。

「二番目。良かった……」

「……っ！　一番目っ。逃げるよ！」

二番目の後方からは鬼の形相で走ってくる巨大な人間の姿があり咄嗟に後ろ跳びした後反転し全速力で逃げ出した。気付けば二番目を追い抜いて我が家である軒下に辿り着いていたのだった。

「一番目のおにぃっ！　戻って来てくれてよかった……。二番目のおにぃは見つかったの？」

「一番目のおにぃまで帰って来ないのかと……」

心配そうに見つめる弟たちを早く安心させてやりたいのだが、あまりに息が乱れて何も喋れずにいた。

「はぁ、はぁ……。流石は一番目だね」

「「二番目のおにぃ！」」

喜び、駆け寄ってきた弟たちと舐め合いながらも遅れてやって来た二番目には話をする余裕があった。

「悔しいけど駆けっこでは一番目に勝てないや」

何を言う。俺は未だに口も利けない……。

「一番目のおにぃ。怒っているの？　……心配かけてごめんね」

息を整え「とにかく、無事で良かった」とだけ答えておいた。

二番目の身に何が起こったのか未だに教えてはくれないが、あの日を境に人間嫌いが加速したのは明らかだった。それでも人間の家に侵入する事を止《や》めないのだから病気と言ってもいいだろう。

しかし、これがきっかけとなり俺は兄弟たちを養っていく手段を模索し始める。今の縄張りであるこのエリアを駆け回ったお陰で世界は広いと知ることが出来た訳だし、何より当時「博識《はくしき》の鬼虎《おにとら》」として恐れられていた先代との出逢いが俺を大きく変えたのだった。

先代はキジトラの大柄な男だったが四歳の時に人間に捕まりタマを取られた事で、かつての威厳を失ったそうだ。襲い来る猫たちとの争いで縄張りは酷く荒んでしまい誰かに託そうと考えていたのだろう。今思えば、あの時既に俺を担ぐつもりで色々と教えてくれたのだろうな。


「もう来たのか。若造」

「色々と教えてくれるって言っていただろ？　なら俺に養い方を教えて欲しい」

二番目が無事に帰って来てくれたとは言え空腹の現状は変わりない。安堵からか押し黙っていた腹が急に主張し始め居ても立っても居られず、直ぐに舞い戻って来たのだった。

「養い方じゃと？　また、面白い事を言う」

「俺には三匹の弟が居るんだ。みんな腹を空かせている」

「一匹でさえ生き抜くのは過酷だ。それぞれが全力で生きてこそ、やっとだと言うのにそれを養うじゃと？」

「そうだ。俺は一番目に生まれたから弟たちを護るんだ」

「先ず、その考え方から……」

「いいから飯を喰わせろっ！」

「……まぁ、いいじゃろう。ついて来い」

そこで俺が目にしたのは人間の脚に擦り寄り飯を乞う憐れな猫の姿だ。

「あの爺っ……」

しかし慣れた様子で擦り寄りながら俺を呼んだ。

「若造、来いっ！」

「マジかよ。しかも角の家って……」

よりにもよって、さっき追いかけられた人間の家なのかよ。

『ん？　お友達かな？　この子はさっき逃げていった子の兄弟だな』

「弟が世話になったな、人間」

「若造、しっかり媚びるんだ」

「でも、この人間は……」

「勘違いがある。今は儂を信じろ」

もう、どうにでもなれ。空腹には勝てず飯が貰えるならばと同じように擦り寄ってみせた。

「そうじゃ。もっと甘えるように」

「こんな感じか？」

「もっと、じゃ」

差し出された器には魅惑の匂いを放つ飯が盛られている。

「建前上、儂も一口食うが、あとは好きにせい」

「恩に着る！」

どう考えても二匹では食い切れない量だった筈だが無理矢理、胃に押し込んだ。

『お腹が空いていたんだね』

「全部平らげるとは……」

「助かった。ありがとう爺。それと、人間」

「そんなに食ったら吐くだろうに」

「いいんだ。わざと殆ど噛まずに食べたんだ。吐き戻して弟たちに食わせるからな」

「そうか。明日にでも、また来い。コースを教えてやる」

「コース？　良く解らないけど、分かった。また来る」

いつしかコースを当たり前の様に周り飯をもらう生活になってしまった。先代から縄張りを託されて以降は弟たちも軒下から出て来るようになり二番目以外は毎朝このコースで腹を満たす。せめて弟たちには自分で選ぶ選択肢を与えようと時間をズラし俺が媚びる姿は見せていない。今はまだコース上の器に残された飯を食うだけでいいんだ。いずれ自分で選ぶ時が来るだろう。

二番目は面倒見のいい女みたいな性格とは裏腹に、頑固で決めた事を曲げない奴だ。俺がいくら言っても未だ病気は治らない様だ。

しかしコースを周っても飯にありつけない日には危険を冒してでも兄弟の分まで盗ってきてくれる頼もしさには感謝しなくてはならないな。

そう言えばいつも『コラ』と人間が叫ぶようだが、それは何だろう名前なのだろうか。

長い回顧を終え軒下に戻ると弟たちが駆け寄って来た。

「おかえりっ」

「おかえり。一番目」

一番目、か。

「あれ？　二番目は？」

「一番目のおにぃを探しに出て……」

『コラっ！　出やがったな、泥棒猫め！』

また、やってるよ。

「なんだ、帰ってたんだね一番目」

「さっき飯は食ったんだろう？　また何か盗って来たのか？」

「一番目が好きな、この不思議なビニールだよ。ご機嫌取りに……うわぁっ！」

駄目だな。これだけは我を忘れてしまう。たった今、満腹だった筈なんだが……。

「ったく。食べ終えてから言うのもアレだが。あまり無理はしないようにな、コラ」

「大丈夫だって。人間なんて……、え？　今何て？」

「先生が言うから、皆の呼び方を決めようと思う」

「名前を付けてくれたの？」

「わーい」

「やったぁ」

下の二匹はまだ決めてなかったな……。

「名前なんて人間が勝手に付けるものだろう。だからこれは俺たち兄弟の呼び方だ。今日から二番目じゃなくコラと呼ぼうと思う」

「コラ、か。いいね」

「いいなぁ……」

「ボクは？　ボクはー？」

三番目は兄弟の中でも俺に一番似ているが少し小柄で老けている。爺まではいかないが……、じいってとこか。

「三番目は老けて見えるからジイだ」

「ジイ……、僕はジイ。うん、ありがとう」

「ボクはー？　ぼ、く、はー？」

最後は一番下か。食べられるものが限られていて一番世話のかかる弟だが、その分可愛い。しかし栄養が足りないのか身体が小さく痩せこけていて肌が露出している。つまりガリガリだ。

「四番目は、ガリだ」

「ガリ！　カッコイイ！　ありがとう、一番目のおにぃ」

「ジイに、ガリ。それにオレがコラだね。でも一番目は何て呼べばいいの？」

考えていなかった。

「俺は……」

「おにぃは？」

「一番は？」

「フフッ。それじゃあ今までと変わらないじゃん。じゃあオレが決めるよ。カッコ良くて兄弟の中で一番のおにぃは……、アニキだ」

「アニキ……。まぁ呼び方なんて本当はどうでもいいけど、それでいいよ」

「決定っ！」

「わーい」

「アニキーっ」

アニキか。一番とか二番だとか、そんなんじゃなく自分を表す呼び方があるってのも悪い気はしないな。

「アニキ。これからも宜しくね」

「よろしくね。アニキ」

「アニキーっ！　よろしくっ！」

「……おう」

兄弟の中で一番だからアニキか。

今はまだ、そこまで誇れる自信が正直言って俺には無い。けど誰よりもお前たちを想う気持ちは負けないし、どんなに辛くてもお前たちが居てくれるから俺はいくらでも強くなれるんだ。必ず誇れるアニキになろうと心の中で誓ったんだ。

ありがとう、コラ。

葛藤に苛まれ、見栄やプライドに塗れながらも、本当に大事なものが何かを見つけた団欒《だんらん》の夜。忘れもしない、暖かな記憶。

割れた仮面

オレには尊敬するアニキが付けてくれたコラという名前がある。

見下《みお》ろす人間を睨みつけ、在りし日の記憶に想いを馳せていた。


いつからアニキの事を嫌っていたんだろう。明確に言えば嫌いだった訳では無いけれど反発、というかアニキとは違く在りたかったんだ。やはり嫌いだったんだろうな。

生まれた順番が生涯において、どのくらい意味のある事なのかは判らない。でもこの先オレが何をしたとしても、どんな風に生きたとしても二番と呼ばれる事に言い知れない屈辱を覚えていたんだ。

アニキは身体が大きくて力が強く、走るのも速い。加えてモサモサの体毛は何と言うか威圧感を備えている。常に弟たちから比較され一番、二番と呼ばれる日々。その度に包み隠そうとする何も言えない上辺だけのオレと、込み上げる内に秘めた憎悪とが乖離していく。気付けば心根を表情に出さず優しい二番目のアニキを演じられるようになったんだ。アニキはいつだってオレを含めた弟たちの事ばかり考えている。でもそれは内心、頼りないと見下しているんだろう？　そんな風にしか感じられなかった、あの夜までは。

まだ子猫時代の事だ。昔から忍び足が得意だった俺は人間が窓を開けた隙をついて家の中に侵入し、食い物を盗るのが得意だった。だがその日は珍しく、というか初めて失敗した。その時オレが感じていた事は人間に殺されるかもしれない恐怖だとか、もう二度と大空の下を駆け回れないかもしれない不安だとかよりも、アニキに見つかりたくないという気持ちが何より強かったのを覚えている。

これはまだ兄弟の誰にも打ち明けていない話だが、縄張りの端にある角の家では正直言って施《ほどこ》しを受けていたんだ。毎日のように盗みに入れるほど人間も馬鹿じゃ無い。しかしオレはアニキと同じようにして飯を得ているとは口が裂けても言い出せず、盗みを続けていると装うしか無かったんだ。魚屋の親父からだけは盗み続けていたけどな。

よく考えれば気付けたのかもしれないが、確かに毎日少しずつ飯の盛られた器が家の中へ入っていった。捕らわれる二日前に至っては完全に家の中で飯も食ってしまった。それでも開け放たれた窓に気を許し、その日は普通に帰れた事で信用してしまったんだ。

その翌日は一切、飯を貰えなかったため捕まった日の朝は判断力が欠けていた。いつも通り角の家に向かうと人影は見えず縁側の窓だけ猫一匹分空いている。周囲の様子を窺ってから家の中を覗き込むと少し行った先に飯の器が置いてあった。思わず駆け寄った瞬間バタンっ！　と窓が閉められた。

慌てて戻ろうとするも窓には爪が掛からず他の出口も見当たらない。見下ろす人間を避けながら部屋中を駆け回っても逃げ場は無かった。部屋の角に追い込まれ、片手に変な箱を持った人間が近付いて来る時にでさえ、どうかアニキだけには見つからない様にと願っていた。

普段から簡単に撫でさせていたせいか人間にも隙があった。軽々しく伸ばしてきた手に思い切り噛み付くと人間は悲鳴をあげて後方に倒れたお陰で何とかその場を凌ぐと階段を駆け上り、高所にある小さな窓の前に陣取る。

もう二度と同じ事は出来ないだろう。何故か壁と壁とを跳ねるようにして飛び乗り今この位置にいるのだが、どうやって登ったんだろう自分でも不思議だった。

それでも人間が手を伸ばせば届いてしまうらしく、必死に応戦しながら逃げ出す機会を探っていたんだ。

籠城戦四日目の朝。最初は差し出された飯にも手を付けなかったが流石に空腹が理性を上回り二日目から飯だけは食べていた。しかし膀胱が既に限界を迎え、堪えがたい程の腹痛に気が立っていた。

この日は監視していた人間の内、一人が外出したためチャンスだと思った。相も変わらず手を近づけたら威嚇を繰り返し諦めた人間が下の階に降りた瞬間、そっと足音を立てないようにして下の階へ降りていく。案の定、普段と同じ頃合いで窓を開け縁側から洗濯物を干すようだ。

後方から忍び寄り窓が開け放たれる瞬間を狙う、が次の瞬間、網戸と紙の貼られた窓を代わりに閉めやがった。それでもこのタイミングを逃したら一生出られないかもしれないと思えばこそ力が湧いた。

全速力で白い紙に突進するといとも簡単に紙は破けた。だが網戸に阻まれ木の格子と網戸との板挟みに遭い、外では人間が鬼の形相で駆け寄ってくる。

「ふざけんな！　捕まってたまるか！」

全身を使って暴れると網戸に僅かな隙間が生じ、全力で鉤爪を使って足掻くと網戸は外から駆け寄って来た人間の方へと倒れていく。すぐさま飛び出し、ようやく地獄から解放されたと言うのに朝靄の中でアニキに見つかったんだ。

「二番目。良かった……」

「……っ！　一番目っ。逃げるよ！」

何でコイツが居るんだ……、くそっ！

後方から迫る人間を振り切るため狭い路地へと逃げ込む。

「こっちだ！　……あれ？」

後方に居た筈のアニキは信じられない程の速さでオレを追い抜き、すぐに見えなくなった。

「何しに来たんだよ。アイツ……」

アニキに見つかった事で言い訳が出来なくなってしまった。まして最後には俺の方が速い、と言わんばかりに見せつけられ一体どんな顔をして弟たちに会えばいいのだろうか。


この後オレは生家への最短ルートを歩いて帰り、今日もアニキを立てる善き弟を演じた。

いつもと違ったのはアニキから名前を貰った事だ。

「今日から二番目じゃなくコラと呼ぼうと思う」

コラ。二番目じゃなくてコラ。上手く言い表せないけど何かから解き放たれるような気がしたのを今でも鮮明に覚えている。

それからはアニキの見え方が少しずつ変わっていった。確かに不器用でムカつく時も多いけど、いつの間にか縄張りの長とも仲良くなっているし、泥棒仲間の中でも話題にあがるようになったんだ。

「裂帛《れっぱく》の黒白《こくびゃく》って知っているか？」

「何だよ、それ？」

「あの鬼虎が実力を認めた、縄張りの次期後継者らしいぜ」

「へぇ……、そうなんだ」

だけどオレは善き弟として喜べなかった。名前を貰えば全てがリセットされる訳じゃ無い。今まで堪えてきた屈辱が一気に噴き出して嫉妬に駆られるまま隣町へ駆け出した。

「この地域の長に会いたいんだけど……」

「アナタは、どちらさんで？」

口調こそ丁寧だが、ガラの悪い風貌と強烈な殺気を前面に押し出している。

「もしかして、あんたがこの縄張りの長？」

「アヒャハハハハハハハっ！」

あまりの狂気に身体が震えた。

「私はね、ちっぽけな縄張りには興味が無いのですよ。世の中にゅーる次第。にゅーるが全てですよ」

「にゅーる……？」

「可哀想に……。ビニールに包まれた魔力、この世の贅を極めたあの、にゅーるを知らずに生きてきたなんて……」

うざったいなコイツ。不思議なビニールの事か？

「とにかく、縄張りの長に会いたいんだ」

「この一帯は雉縞《きじしま》一家の縄張りと知って言っているのかい？」

「雉縞一家？」

「悪逆非道の限りを尽くして自分の一族で幹部を固めるイカれたキジトラたちだけどにゅーるに糸目を付けないスタイルはとても魅力的でね。報酬目当てで仕事を請け負う時があるのさ」

「どうしたら会える？」

「何なら案内してあげてもいいけど、にゅーるは出せるのかい？」

「今は持ってないけど必ず盗ってくると約束する！」

角の家に行けば不思議なビニールは手に入る。先ずは縄張りの長に何としてでも会わなくちゃ。

「そうまでして何故、あんな男に会いたいんだい？」

「……どうしても、倒して欲しい男が居るんだ……」

「自分でやればいいじゃないか」

「それが出来れば苦労しないさ……」

「……まぁ、いいでしょう。付いてきなさい」


案内されたのは殺風景な公園だった。

「いくら、にゅーるの為とは言え簡単にアジトは教えられない」

「何だと？　今さら……」

「待ちなさい。アジトは教えられないけれど、この場所は雉縞一家が毎晩集会を行う場所なのさ。言い換えれば、必ず会える。にゅーる二本でいい」

「二本⁉　ボッタくりじゃないのか？」

「嫌なら帰ってもらおう。私は慈善家では無いのでね」

「……分かったよ。でもすぐには無理だ。二日、時間をくれ」

「いいでしょう」

陽が落ち、辺りがすっかり暗くなると「ボス」と呼ばれる男がやってきた。

「デカいな……」

「やあ、律さんじゃないですか」

「ご無沙汰しています、ボス」

親しげに話す大柄なキジトラは表情こそ柔らかいが鋭い眼光を持っていた。

「おや？　そちらのハチワレはお弟子さんで？」

「いえ、この餓鬼がどうしてもボスに会いたいと言うもんですから」

「ほう。若造、この俺が誰か分かっていて会いたいと？」

「は、はい……」

「事と次第によっちゃあ、二度と陽の目は拝めんぞ？」

「ど、どうしても倒して欲しい男が居るんです！」

「ああ？　自分でやればいいだろう」

「それが出来ないので……」

「何て奴だ？」

「最近、裂帛の黒白とか言われて……」

「なんだと！」

ボスだけでは無い。律とか言う奴もそうだが集会にやってきた他の猫たちも一斉にオレを見たんだ。それ程までに名が通っているのだろうか。

「そういやお前、ハチワレじゃねーか。ましてや黒白の……、まさか」

「通り名のハチワレはオレの兄弟で……」

「何だと！　お前らっ、コイツを生かして帰すな！」

「待って下さい！」

マズい、このままでは……。

「まぁまぁ。先ずは話を聞きましょうや」

「律さん、アンタねぇ……」

律が止めてくれなかったら……、オレは三回くらい死を覚悟した。

「若造。要件を言ってみろ、簡潔にな」

「は、はい。確かに裂帛《れっぱく》の黒白はオレの兄弟ですが、実は仲違いしていまして……」

オレの一方的な気持ちかも知れないけど、もう後戻りできない。

「それで、その……」

「早く言え！」

「た、倒して欲しいんです！」

公園から音が消えたのかと思うほど静まり返り皆、動揺している様だった。

「自分の兄弟を売るのか？」

そんなに悪い事なのか？　もう俺には良く解らなかった。

「倒して欲しいんです。お願いします！」

ボスはその場に腰を下ろすと頬を掻きながら少し考え、語り出す。

「お前の望みは何だ？　あの縄張りを手に入れる事か？」

「縄張りなんてどうでもいい。ボスに差し上げます」

「では何が望みなんだ」

「ただ……、アイツが許せないんだ……」

また少しの沈黙の後、立ち上がると大きく伸びをしてから答えた。

「いいだろう。ただし黒白を倒した後はお前にも出て行ってもらう。血の繋がった兄弟を売る様な奴を置いてはおく訳にはいかないからな」

「……分かりました」

「……鬼虎は、死んだのか？」

「いえ、黒白と常に一緒に行動しています」

「……そうか」

この後、少し遅れて始まった集会でオレは縄張りの詳細を説明した。どの位の頻度で見回りがあるのか、何匹くらいの兵隊が居るのかなど何でも話した。帰り道、何故だか、涙が溢れた。

縄張り戦争当日。作戦通り鬼虎と黒白とが合流する前を狙うため時間帯を合わせて見張りを買って出ていた。縄張り深くまで誘導しオレと律を含めた五匹で浜辺を寝床にしている鬼虎を狙うと同時に、ボス率いる直系の幹部たちが五匹で黒白を襲う計画だ。まだ薄暗い闇の中、妬みの怨嗟が駆け抜ける。

浜辺に着くと気配を感じてか既に鬼虎は構えていた。

「何者じゃ?」

「死に逝く老いぼれに答えるつもりは、ありません」

オレと他三匹で取り囲み、中央で律さんがサシで争う構図だ。

「多頭で取り囲まねば敵わんと踏んだか、卑怯者め!」

「卑怯?　アヒャハハ。変な事を仰る。これが博識の鬼虎と恐れられた男の最期とは」

何度聞いても身の毛がよだつ笑い方だ。

「戦争に綺麗も、汚いも、ある訳が無いでしょう?　あるのは、せいぜい綺麗事。そんなもの、あの世で幾らでもほざくといい」

勝負は驚く程あっけないものだった。律の言う通りオレが先に飛び出すと一瞬、鬼虎が止まったように見え、その隙に全員で手足に噛み付く。最後は律が喉元に噛み付いて少しすると暴れる前脚から力が抜けたのを感じた。

「博識の鬼虎も大したことはありませんね」

上機嫌な律を見て急に恐くなった。恐くなってアニキの下へ走り出していたんだ。自分が何をしたのか、この時になってようやく理解した。平和とか、幸せとか、そんなものはこんなにも簡単に壊れてしまうものだったんだ。

「君も争いが好きだねぇ。そんなに黒白の死体が見たいのかい?」

追いかけてくる律の言葉で抑えていた感情が溢れ出す。浜辺から僅か三軒程の距離が異様なまでに遠く感じ、アニキの無事をただただ願っていた。しかしこのままではアニキが無事であったとしても狂気を纏った律を連れて行く事になる。それこそが終止符を打つ事になりかねない。

「もういいや。律さん、ありがとう」

涙を拭い、感情を押し殺す。

「急にどうしたんだい? せっかくなら黒白の死に様を、」

「そんなもの、もう興味ない。それより、にゅーるを貯め込んでいる人間の家を紹介するよ」

「本当かい？　是非行こう！」

律と別れ、生家に戻ったのは真上に陽が昇る頃だった。

「アニキっ、起きてよアニキっ！」

生家に近付くにつれ聞こえてきたのはガリの喚く声。最低だ、最悪だ。生家の傍で喚き声を聞きながら軒下に入っていく度胸は無かった。どの面下げて弟たちを慰めればいいのだろう。

途方に暮れながら辺りをグルグル回っていると突然、声を掛けられた。

「コラっ！　良かった、無事だったんだね！」

驚き振り向くと塀の上にはジイの姿。

「アニキが大変なんだ！　とにかくコラも急いで来てよ！」

「あ、あぁ」

軒下に入ると喚きながらアニキを頼りに舐めるガリが居た。

「コラっ、どこ行っていたんだよぉ。アニキがっ」

駆け寄るとアニキは辛うじて息をしていた。

「あ、アニキ。……ごめんね」

重態のアニキがゆっくりと瞼を開き、言った。

「……コラ、無事で、無事でいてくれて、良かった……」

当然、オレが仕組んだとかそんな事は言える筈も無い。この後の記憶は殆ど曖昧でただずっとアニキの傍で泣いていたと思う。

後からジイに聞いた話によると、ボスたちは最初、似ているジイを生家の前で見つけ勘違いして襲ったらしい。ジイの悲鳴を聞いたアニキは飛び出して行き驚いたボスたちに生じた隙を見逃さなかった。とは言え五対一で無傷な訳が無く、ましてやジイを護りながら戦ったアニキは身体中に傷を負っていた。

「アニキは本当にカッコ良かったんだっ！」

軒下から見ていたというガリも興奮して話してくれた。ボスは連れ立った幹部を三匹失い、自身は戦わずして逃げ帰ったそうだ。アニキは本当に凄い。アニキには勝てないな。ごめんね、アニキ。

最初に襲われたジイは逃げようとした際、尻尾に噛み付かれ骨が折れてしまった。もう痛みは無いと言うが曲がったまま固まった尾はオレに贖罪を求める。ジイに怪我をさせてしまったと己の不甲斐無さを嘆いたアニキは暗くなったと言うか、常に何かを考えている様だ。そのせいか兄弟たちも皆、押し黙って過ごす時間が長くなった。この時間もまたオレに贖罪を求める。

考えてみれば幸せを願えるような身分じゃ無いじゃないかオレは。オレが招いた縄張り戦争でジイは尻尾を折り、アニキは心に深い傷を負った。「報復」という形で起きてしまった第二次縄張り戦争も元はと言えばオレのせいだ。

律から事前に聞いたオレは何とか止められないかと恥を忍んでボスに頼みに行ったのだが結局、公園で数匹に袋叩きにされ身動きが取れなかった。生家に戻るとアニキは右目を失い、この時もまた第一声で「無事で良かった」と言われたんだ。

アニキの愛情は深い。例えばオレが全てを打ち明けたとしても許してくれるかもしれない。でも許してもらえなかったら？　弟たちはどんな目でオレを見るのだろう。そんな事を考える度に怖くなって言い出せないのだ。

ジイの尾が、無言の空間が、オレに贖罪を求める。どうすればいい？　ただそれだけを考えて過ごす日々が続いていた。

ある日の昼下がり、縄張りでゴミを漁っていた一匹のさび猫と出会う。

「おい、何してんだ！」

「お願いします、お腹を空かせているんです」

さび猫は道に這いつくばると何度も頭を下げた。

「ふざけるな。誰もが腹空かせてんだよ。ここは裂帛の黒白、オレのアニキの縄張りだ。分かったら、とっとと失せろ」

「お願いします。お腹を空かせているんです。お願いします……」

「いい加減に……」

「コラっ！」

驚いて後ろ跳びしてしまったが、初めてアニキの怒鳴り声を聞いた瞬間だった。縄張りの見回りをしていたアニキが近付いて来る。

「あ、アニキ。コイツがオレたちの縄張りで……」

「お願いします、お腹を空かせているんです。少しだけでいいんです」

「君は、……そうか。たまたまそのゴミ捨て場を管理していた猫が他に移ってね。どうだろう、君が管理してくれるかい？」

「あ、……ありがとうございます」

「おい、アニキっ」

「じゃあ、任せたよ」

「御恩は一生忘れません」

踵を返し、再び歩き出したアニキを追う。

「アニキ、どういうつもりだよ？　あのゴミ捨て場はウミさんが……」

「ウミさんには後で生家に来るよう伝えて欲しい。それから、あのゴミ捨て場には誰も近付けない様に、と」

「アニキっ！　それは違うんじゃ、」

「コラ。頼んだぞ」

「……分かったよ」


その日の夜、アニキに詰め寄ったウミさんの怒りは当然だった。でも如何に訴えた所でアニキの意見は変わらず、それどころか言う事が聞けないのなら出て行ってくれ、とまで言われる始末。アニキが何を考えているのか解らない。これでは鬼虎時代から縄張りを護ってきたウミさんがあまりにも可哀想だ。

「おい、さび猫。何処だ！」

ゴミ捨て場を覆うように生えた草むらから遅れて返事が返ってきた。

「は、はい。ここに居ります」

歳は四歳と言った所か。毛艶も悪いし、女である事以外これと言ってアニキが擁護する理由が見当たらなかった。

「お前、アニキの弱みでも握っているのか？」

「いえ、そんなっ。初めてお会いしましたし……」

「じゃあ何でウミさんが追い出されなきゃならないんだよ？」

「えっ……？」

「お前のせいで前任者が追い出されたんだ！」

「この度は本当に申し訳……」

「ふざけてんのか？」

アニキの愛情の深さは理解したつもりだ。だけど、こんな訳の分からない猫にまで優しいってのは違うだろ。アニキの邪魔をしようだなんて、もう思わないが今回の判断はアニキの失態だとオレは断言できる。縄張り内の他の猫たちから反感を買う前にコイツを始末しなくちゃアニキの身が危ない。

「昼間のアニキの発言は撤回だ。今すぐ出て行かなければオレがこの場で噛み殺す」

「そんなっ……」

また性懲りもなく這いつくばりやがって。

「お前にはプライドってもんがねーのか?」

「陽が昇る頃には出て行きますから……、どうか命だけは……」

「駄目だ。今すぐ出て行け!」

「……はい、承知しました」

この時間は腹を空かせた奴らがウヨウヨいやがる。縄張りの庇護を得ていない旅猫にはさぞ冷ややかだろう。だがオレも鬼では無い。この場で殺されなかっただけ感謝して欲しいくらいだ。

縄張りの外に出るまで見届けると少しホッとした。アニキは優しいから今後も簡単に他所《よ》《そ》猫を受け入れてしまうだろう。アニキだって完璧じゃないんだ。足りない部分はオレが補えばいい。次もまたこうやってアニキが言い辛い事をオレが引き受ければいいんだ。自分の役割を見つけた気がして久し振りに嬉しかった。

生家に戻ると丁度アニキが軒下から出てきたので、つい言ってしまう。

「アニキ。お出かけ?」

「コラ、おかえり。随分機嫌が良さそうだな」

「おっ、やっぱりアニキには分かっちゃうかー」

「不思議なビニールでも見つけたか?」

「フフッ。そしたら真っ先にアニキへ献上しているよー。違う、違う。昼間の一件さ。アニキも言い辛いんなら言ってくれればいいのに」

「昼の一件？」

「あの、さび猫の事さ。アニキは優しいから追い出し辛かったんだろ？　そういうのはオレが請け負うから今後も……」

「あの子に何をしたんだ⁉」

「え、アニキ……？」

「答えろ！」

「っ何もしてないよ、ただ出て行け、と……」

「……っ！　何で俺の言う通りにしてくれないんだ！」

アニキはオレを突き飛ばすとゴミ捨て場の方へ駆けて行く。もう何が何だか判らなかった。少なくとも間違った事はしていない筈だし……。とは言え一日の内に二度もアニキに怒鳴られれば誰だって落ち込む。最悪の気分だ。

目覚めるとアニキは軒下の定位置に戻ってきていた。躊躇したが謝るのはどう考えてもおかしい。普段通り朝の挨拶を交わしに行くと冷めた瞳でオレを見つめた。

「コラ。どうしてあんな事を？」

「え、あ昨日の事？　いやどう考えたって他所猫を迎え入れるのはおかしいし……」

「お前は誰から生まれたんだ？」

「質問の意味がよく……」

「誰から生まれたのか聞いている」

アニキのトーンに驚いたのかジイとガリは黙したまま小さく丸まっていた。

「誰って……、そりゃあ死んだ母猫の……」

「そうだ。母だ」

「それが、どう関係しているの？」

「あの子は妊娠していた。お腹の中には俺たちと同じように生まれ、育つ筈だった兄弟が居ただろう」

「……だからって、」

「お前は何も感じなかったのか？」

この後の事はよく覚えていない。

覚えていないと言うよりも耳を、心を閉ざしたのかもしれない。優しいアニキの力になりたくて。自分なりの贖罪をしたかった。でももうアニキが解らなかった。理解出来なかった。嫌味な律が良く言っていた「綺麗事」という言葉。あれはアニキにぴったりだ。

アニキは、そう、綺麗事なんだ。考え方が、全てが甘い。猫一匹、食べていくのが困難なこの世の中で兄弟以外の他所猫にすら優しさを向け物事を平和的に考える。律に教わった歴史を鑑みても、オレたちを捨てた人間に媚びを売り、飯を貰う事に恥も外聞も無い。

やはりオレとアニキには分かり合えない壁がある。そう強く感じながら今後の事を考え始めた。アニキを追い出そうとは思わないし、今でもアニキの愛情に感謝している。最近アニキはとっくにオレの過ちに気付いているんじゃないかとさえ感じている。

それでも言い出せないのはオレに意気地が無いのと、どうしてもジイやガリから最低の兄だと思われたくないからに違いなかった。当然アニキはそこまで解っていて言わないいんじゃないかと思うんだ。負けたよ。オレの完敗だ。

それから今までの日々は、ただの人形に近かった。アニキには逆らわず弟たちの前では今まで通り善い兄を演じる。そんな自分を俯瞰的に、鳥瞰的な視点で眺めている別の自分が居て、心は何処にも無かった。

ガリの件にしても、アニキよりは少し早く気付けていたオレが口出ししていたなら、こうなってはいなかったのかもしれない。それももう、どうでもいいことだ。

改めて自分の三年間を思い返してみると、自分の存在意義や価値が見出せないクズと呼ぶに相応しい存在に思う。アニキは今、何を考えているんだろうか。こうなった事を少しでも後悔しているのだろうか。

ジイは大人しい奴だけど、ああ見えて頭が切れる。何か画策しているに違いないが、それも無駄だろう。

ガリはどうだろうか。逃げ遅れた末路は考えるだけでも身震いがする。オレも捕まった事があったが、あれはオレだから逃げられたようなものだ。アニキにいつでもべったりで未だに自分では飯の確保も出来ない一番下の弟はどうなったのだろう。


「何故、お前たちはいつも見下すんだ？」

「何故、お前たちはオレたちを虐げる？」

「何故、お前たちは平然と殺すんだ？」

「何故、オレたちが苦しまなければならない」

答えろよ、答えてくれよ！

「お前たちは何様だ、何故こんな事をする？」

「何の権利があってオレたちを脅かすんだ！」

答えない、応えない。

お前たちはいつもそうだ。言葉が通じているのかと思えば見当違いな事ばかり。優しく撫でてきたかと思えば必死で生きてきたオレたちを平然と殺す。

応えろよ、応えてくれ！

俺は間も無く殺されるんだろう。ならばせめて生きてきた意味を知りたい。お前たちに殺されても仕方なかった、と思いたい。答えが見つからない。

手応えの無い絶望の格子を睨みつけ、体温を奪う床に横たえた。

これは堪える。

囚われの姫君

全ての始まりは、あの日だった。

僕たちの生家に人間が住み始め、その家には愛らしい猫が捕らわれていたのだ。最初に見つけたガリはアニキやコラ、僕を説得し「ヒメ」の救出を願い出た。普段は自己主張をあまりしないガリが、あまりに必死で訴えるからアニキも本腰を入れて相談に乗り始めたんだ。


「ジイ、見て。あの子だよ！」

ガリの指す方を見やると、生家二階の窓辺には愛らしい白猫が優雅に顔を洗っていた。

「あの子が、ヒメ……」

「そうだよ！　ぼくが付けたんだぁ、先生に習った言葉。ピッタリでしょ？」

「確かに、そうだね」

周囲には「ヒメ」を一目観ようと集まった猫たちが日を追うごとに増えている。

「アニキ。ガリの言い分はともかくとして、このままじゃマズいかも知れない」

「どうしたんだ？」

「ヒメを観ようと縄張りの外からも猫が流入してきていて収拾がつかないんだ……」

「それは確かにマズいな。何か策は無いか……」

「どうだろう。今回はガリの希望を通す形で救出計画を画策してみては？　いずれにしても何か手を打たないと、このままでは治安を維持できないよ」

「ジイがそこまで言うのなら、やってみるか！」

アニキの背中を押したのは僕だった。


その日から、どうやってヒメを救出するかが集会の主な議題となり縄張りの猫たちは皆、驚くほど協力的だったが救出後に訪れるであろう醜い争いは容易に想像できる。治安維持のため作戦に協力している僕としては、残念ながら残酷な提案を事前にアニキへ伝えてあった。

僕はいつでも参謀。正直、武闘派のアニキやコラには天地がひっくり返っても敵わない。

そんな僕にでも出来る事、それは作戦を通して縄張りの治安を維持し兄弟の幸せを願う事だった。

昔から行動するよりも先に頭で考えてしまう癖があり動き出しがいつも遅い。だからこそ動く時には誰よりも的を射た、理に適った意見や作戦でなければならない。

しかし、本作戦に措いて唯一のイレギュラーが、救出チームに参加するガリの事だった。僕は何度も考えを改めるよう進言したが初めて見せたガリの意地にアニキが折れた事でこの作戦に綻びが生じたんだ。

アニキには初めから言ってあった。ヒメを迎え入れるなら「裂帛の黒白」縄張りの長の妻として。断るならば猫知れず殺すしか選択肢は無い、と。あれほど美しい猫が生きていれば必ず争いは起こる。何より捕らえていた人間が僕たち兄弟の生家に住まう以上、その火の粉は必ず兄弟に降り注ぐ。生かすのならば争いを避ける抑止力として武勇を誇る縄張りの長の妻でなくてはならないのだ。

――――決行当日。

作戦開始前に開かれた集会で最終打ち合わせが始まった。

「ジイ、頼む」

「はい。それでは参謀として作戦の最終確認を行います。先ず少数精鋭救出チームにアニキ、コラ、ジイ」

周囲のざわつきは最もだ。本来はアニキとコラ二匹の最強コンビで突入するからこそ真価を発揮する作戦なのだ。

「静粛に！　これは決定事項です。どうか、静粛に……」

アニキの一睨みで静寂を取り戻すが皆の表情は未だ曇っている。

「続いて退路確保チームにウミさん、イワさん、リーベさん」

これにも若干のざわつきがあったが先程のそれとは比べ物にならず直ぐに鎮火した。要約すれば新顔がいきなり作戦に参加するのか、という事なのだが退路確保の終着点だからこそアニキに恩のあるリーベを選んだのだった。

「最後に僕が指揮役として塀の上から指示を出します。該当する各員は気を引き締め本作戦にあたって下さい」

僕はもう一つ見落としていた。それは復讐心を見抜けなかった事だ。

退路確保チームが位置につき、その他の猫たちは縄張り内に誰も入れぬよう警戒にあたる。配置完了の合図を受け、僕は救出チームにGOサインを出した。

事前に確認していた通り、予定時刻になると庭先の窓が開く。この家の人間が窓を開けたまま洗濯物を干すスタイルであってくれた事は作戦を有利に進める上で一番のポイントだった。

「突入ー！」

突然の大声はさぞ人間を驚かせただろう。僕はあまり大きな声で喋らない方だから少し喉が痛くなったが、これも人間の気を引く為には必要な事。

案の定、人間は僕に気を取られ、その隙に兄弟たちは家の中へ侵入できた。ここまでは全て順調。しかしここから雲行きが怪しくなる。

定期的に退路確保チームから合図が送られてくる筈だったのだが、合図役のウミさんが見当たらない。退路上に何か不都合でもあったのだろうか。いずれにせよ問題の有無も知らされなければ気付けない上に、この作戦は途中で止められないという大きなリスクがあった。

――遅い、作戦可能時間は残り僅か。間も無く大きな窓は閉ざされるだろう。そうなっては元も子もないのだ。最悪の場合、僕が人間に擦り寄って時間を稼ぐ事になっているのだが正直、長くは持たないだろう。そんな中あり得ない光景を目の当たりにしたんだ。

生家の周囲を取り囲むよう突然現れたのは上下に白を纏った大勢の人間たち。あり得ない。人間たちは明らかに生家を狙っていた。小型の檻や網を手にして僕を見つけるや否やゆっくりと身構えたのだ。どうする……。

この状況を作戦中のアニキたちに伝える術が僕には一つしか浮かばなかった。この時の判断は今でも何が正しかったのか解らないままだ。

「皆、逃げろっ！」

自分だけなら逃げられたのかも知れない。しかし塀から飛び降りると一目散に開いた窓へ駆け寄り腹の底から叫んだ。事態を察してか直ぐに飛び出してきたのはコラ。続いてアニキが出て来るもガリの姿が見当たらなかった。

「最悪だ。アニキ、囲まれているよ」

「どういう事なんだ、ジイ」

「分からない。突然、大勢の人間が……」

「うわっ！　止めろっ！」

「コラっ！　くそっ、ガリはまだ家の中なんだ！」

「僕が気を引くからアニキだけでも……、うわぁあああ！」

後方から網を被せられ動きを封じられた。

「ジイっ……！　止めてくれっ！　兄弟たちに何をするんだ！」

ああなってしまっては逃げようが無い。この人間たちは「猫嫌い」の中でも恐らくプロだろう。慣れた動作と完璧な連携に兄弟たちは一瞬で捕まった。

敗因は何だったのだろう。退路確保チームは何をしていたんだろう。少なくともリーベは信用できたし彼らの場合は追い込まれる前に逃げることが出来た筈。当然、緊急事態を知らせるために叫ぶことも。しかしあの時は静かだった。そして突然こいつ等が目の前に現れたんだ。一つ一つ整理して考えてみよう。

——ウミさんに任せた事が合図を途絶えさせた原因だった？

だが、その場合においても他のイワさんやリーベから鳴き声一つ無いのはおかしい。リーベの一件でアニキを快く思っていなかった事は知っていたし、だからこそ出世の為に敢えて大役を与えたんだ。では、何故。

——生家に住まう人間が呼び寄せた？

あり得ない。何故ならギリギリまで僕の目の前で洗濯物を干していたからだ。仮にあの人間が呼び寄せたのだとしたら決行日を知っている事がそもそもおかしいし、侵入されてから呼び寄せたのなら、あまりにも到着が速すぎる。

——情報が漏れていた？

仮にそうだとしても人間とコミュニケーションを取る術が無い。猫同士で揉める事があったとしても今回は共通の敵であり、利用価値と言っても食料需給の為だけだ。彼らは敵であっても味方では無い筈。ならば僕たちだけが捕らえられた説明がつかない。

――縄張り内の全ての猫が捕らえられた？

有力なのはこの可能性だが、それにしても縄張り自体を取り囲んでいた多くの猫たちが皆、静かに捕まるなど考えられない。縄張りの内部であれば誰が何処で叫んでも声は聴こえる。何よりアニキやコラほど運動神経が無いとは言え人間が進行出来ない狭い道はいくらでもあるんだ。全員を同時に捕まえるなど不可能だろう。

――人間が事前に察知し、隠れていた？

あり得ない、とは言い切れない。人間の能力は確かに未知数だ。しかし仮に隠れていたのなら、それを誰も報告しなかった事になり矛盾が生じる。言い換えると隠れていなければ間に合わないほど迅速な包囲だったとも言える。この場合、人間と繋がる猫の存在を仮定すべきなのだろうか。本当に原因と呼べる、犯猫と呼べる者は居るのだろうか。

どれほど頭を捻ってみても解には行きつかない。圧倒的に情報不足だ。そもそも、もう考える必要が無いのかも知れないが。

光沢のある白。感情を持たない無情の檻。決して逃がさないと言わんばかりに主張する鉄の格子。壁には幾つもの爪痕があり、血が滲んでいるものまである。恐らく仕組みは分からないが、この場が死に場所なのだろうと察するのに時間や知識は必要無いのだ。

――もしも生き延びられるなら何がしたい？

あり得ない事は極力、考えない様にしている。だが今は時間がある。自問自答するには充分過ぎる程の。いや、無いのかもしれない。いつ殺されてもおかしくは無いのだから。生き延びられるとしたならば……いや、やはり可能性を考えてしまうだけ辛くなるというものだ。

――願いが一つだけ叶うとしたら？

これも前の質問と同じで、あり得ない事は想像できない。ただ、もしも、出来る事ならば人間と対話をしてみたかった。人間は何を考え、どんな思いで僕たちを殺すのか。もしかすると意味なんて無いのかもしれない。僕たちが虫や鼠を狩るように、人間たちも平然と狩るだけなのかもしれない。けれど人間は僕たちを食べるでも無く、ただ殺す。それには一体どんな意味があるのだろう。

現実的な話、仮に何か一つ願うのだとしたら唯一、逃げ遅れたガリの幸せくらいなものだろう。あの家ならばヒメが生かされている様に、少なからず生き延びられる可能性がある筈だ。

――さて。やって来たこの人間は何をしに来たと思う？

想定よりも刻限は迫っていたという事だろう。見下ろされているのは気分が悪いものだな。まして何故、微笑んでいる。やはり人間は狩りをするかの如く楽しむために僕たちを殺すのだろうか。

『もう、心配しなくていいんだよ』

「穏やかなトーンで一体、何と言っているんだ？」

『手続きを済ませたら、直ぐに迎えに来るからね』

「どんな風に僕を殺すか……、そんな所だろう！」


人間は去り、再び死を待つ牢獄に黙す。

――生まれ変わったら何になりたい？

人間以外なら何でもいい。出来る事なら奪う側では在りたくないが、猫だって命は奪う。命ある限り何かを奪う事でしか生きられないんだ。それが定めなら僕はもう生まれ変わりたくはない。何も考えたくないんだ。

――復讐は考える？

考えない。短い猫生だったけど約三年の内に色々な事があった。アニキは知らないだろうけどコラの持つもう一つの顔も知っている。嫉妬や復讐では結果、何も変えられないし必ず己に返ってくるんだ。今回は止められなかった連帯責任という所かな……。ならば初めから誰かが諦め、誰かが涙を呑むしか無いのだろう。そう、常に弱者が。

——このまま諦める？

諦めない選択肢が在ると言うのなら教えて欲しい。偽善や気休めでなく、諦めない事で得られる何かが在ると言うのなら、どうか教えて欲しい。

先程の人間がもう一人を引き連れ戻って来た。

——最期に言い残す事はありますか？

僕たち猫は人間に比べて遥かに弱者だろう。しかし覚えておくと良い、ただ殺すだけでは低俗な動物と何ら変わりが無いのだという事を。覚えておくと良い、お前たち人間の命も、また僕たち猫の命も、同じ一つの命に変わりないという事を。

「覚えておくと良い。……覚えておいて欲しい。僕も生きていたのだという事を……」

『ごめんね。怖かったね。もう、大丈夫だからね』

檻を開き、人間がゆっくりと手を伸ばしてきた。見下すにも程がある！

「どれほど恨んでも恨み切れない。僕の抵抗など意にも介さないという事か！」

生まれて初めて全力で鉤爪を振い、牙を向けた。口には鉛臭い血の味が残る。

『ごめんね。ごめんね……』

「放せっ！　止めてくれ！」

人間は両腕で抱えるように僕の身動きを封じた。

『もう怖くないよ』

身動きが取れなくなると何かを手に持つ人間が僕の身体に触れた。次の瞬間、刺さる様な痛みが身体を駆け抜け、こうして死んでいくのだと悟った。

「僕に力が無いからって……、放してくれっ！　アニキ……、助けて……。死にたくないよ……」

その時、僕の顔に塩水が降ってきた。涙だった。

「殺しながら泣くのか？　泣いているのか？」

人間はその後も柔らかく静かなトーンで何かを言いながら涙を流していた。もう一人大柄な人間が現れ持参した移動式の小さな檻に移されると先程から泣いている小柄な方の人間に檻ごと抱かれ、何処かへ運ばれるようだ。

人間がどんな気持ちで僕たちを殺すのかは解らない。でも、あれは間違いなく涙だった。何を言っているのかは判らないけれど「悲しい」と感じさせるトーンだった。それなのに僕は何故か、落ち着いてしまったんだ。

これからどこに運ばれて殺されるのかは分からない。先程の刺された痛みで、じきに死ぬのかもしれない。しかし、あの人間になら……なんて変な事を考えてしまったんだ。人間の「車」に載せられ何処に運ばれるのか、と荷台を眺めていると見慣れた毛種が目に入る。

「あ、アニキっ！　コラっ！」

開け放たれた荷台には既に同じ小さな檻でそれぞれ収容された兄弟たちが居たのだ。

「ジイも無事で居てくれたんだな」

「……良かった」

いつもの優しいアニキと、最早どう接していいか判らないのだろうコラの姿に安堵し生への望みを嫌でも抱いてしまう。

やがて動き出した車の荷台では緊急集会が開かれた。と言っても檻越しであるため再会を思うように喜び合えないままトーンを抑えて会話していた。

「コラ、ジイ、聞いてくれ。お前たちも一度、檻から出された瞬間があっただろう？　あの一瞬しか逃げるチャンスは無い。やるぞ」

「やるったって、オレは大柄な人間に抑えつけられて身動き一つ出来ないまま何かを打ち込まれたんだ……」

「ジイはどうだ?」

「僕の時は、何と言うか……、優しかったんだ」

「優しかった?」

兄たちの厳しい視線は最もだ。今まさに死地へ向かっている訳で、恨みや怒りの対象についての話しているというのに僕は一体、何を言っているんだろう。

「アニキ。ジイは既に何かが効いているのかも知れない……」

「確かに、そうだな。しかし……」

「僕は何もされていないよ」

「そうか。……とにかく逃げるには、次に訪れる一瞬しかチャンスは無いんだ」

「もしかしたら、この檻が最期かもよ?」

兄たちの沈黙に何も切り出せない。僕は何を考えているんだろう。僕は何を期待しているんだろう。兄弟の中でも一番現実主義だった筈の僕が、一番あり得ない事を想定するのが嫌だった筈の僕が。一体、何を期待しているんだろう。初めて会った筈の人間なのに何だか温かくて、暖かくて。何で落ち着けたんだろう。この気持ちは何だ。

兄たちのやり取りが耳に入らず再び自問自答を繰り返していると気付いた時には人間の

家の中に入ってしまっていた。駄目だった、正直アニキたちが何を画策したとしても家の中に入ってからでは期待できない。ましてや相手は人間の中でもプロだ。

しかし僕は相変わらず何かを期待している。それが何なのか自分でも良く解らないけど逃げ出す機会を失った事に不安は感じなかった。むしろ何かに対する期待が膨らんだと言えるのだ。

――やはり、そう。

人間の家の中には高さのある檻が幾つも並べられていて、その中には多くの猫たちが収容されていた。だが、どの猫からも不安や恐怖はまるで感じられず逃げ出そうと小さな檻の中で暴れる兄たちに好奇の目を向けていた。

――この状況は一体？

考えられる事は概ね一つだけだ。殺される訳では無く、あの人間たちに所有されるのだろう。自由と引き換えに安穏を得るんだ。ここの猫たちを見ていれば解る。

――僕はそれを望んでいる？

判らない。少なくとも兄たちは絶対に望んではいないだろう。

――アニキに言われたら、一緒に脱走する？

……判らない。これは兄への反抗なんかでは無く、もし仮に僕が想定している事が事実であれば「猫の幸せとは」と言う新たな疑問にぶつかるからだ。そして、その疑問の解は実に理に適っている。反論の余地など無いくらいに。だって、それは。

――――それは？

歴史を鑑みれば判る事。本当は、猫と人間とは、寄り添い合って生きるのが正しい筈なのだから……。

どの位の時間が経ったのだろう。四季を体感する事は叶わないが三歳の冬に捕まって今は少なくとも暖かい。一年の内、半分は過ぎた筈だ。

ここでの生活は実に快適で、僕が想定していたよりも遥かに良いものだった。人間たちに敵意は無く先輩猫たちからの話に耳を傾け、次々と驚愕の事実を知り得た。

先ず最も驚いたのが先輩たちの年齢だ。容姿からでは判断がつかず確認したところ何と十二歳という化け猫が居たんだ。他にも八歳や九歳なんてのがゴロゴロ居て人間の提供する食物には不老不死の秘薬が使われているのかと本気で考えたくらいだ。

野生下における僕たちの寿命は平均して五歳。長生きで六歳まで生きた猫を知っているが病気がちで正直、生きているとは言い難かった。しかしここに居る猫たちは、そんな死ねずに生き永らえている訳では無い。健康的で若々しいまま歳を重ねている。この事実に僕が抱いてきた様々な仮定が覆され、暫く頭の中がパニックだった。

残念なのは未だにアニキやコラが人間に心を開かない事。ご飯の度に威嚇を繰り返し『ママ』と呼ばれる人間を傷つけた事がきっかけで未だ檻に囚われているのだ。

僕や、他の猫たちは随分と前から部屋の中を自由に散策できる。外の世界に比べれば狭いけれど、それでも走り回ることが出来る。コラの檻に近付けば「裏切り者」と言われてしまうので最近は部屋の隅で過ごしているけれど、これが、この生活こそが猫の本来在るべき形じゃ無いのだろうかと最近、強く思うようになった。


「……ジイ。……ジイ、頼む。話を聞いてくれ」

アニキは相変わらず脱走の計画を企て、協力を頼んでくる。しかし僕は聴こえないフリをして過ごすようになってしまった。

「ジイ……。これだけは言える。俺は今でも兄弟が大好きで、兄弟の幸せを願っている」

「……」

「だからなんだ。ジイが今の生活に満足しているのなら何も言わない。コラは応えてくれないが今、俺たちはここに居る。だけど、だけどガリが居ないんだ！」

「……」

「一緒に行こうとは言わない。だけど俺は、あの日ガリに約束したんだ。必ず戻るからここに隠れてろって。だからガリは逃げなかったんだ。俺のせいでガリは……。毎晩ガリが夢に出てくる。アニキ怖いよ、助けてよ。って」

「アニキ……」

「だから、ジイ。頼む。オレをガリの下に行かせて欲しい……」

「……普通に考えて、もう無理だろ。あの状況でガリが助かったと思うのか？」

コラの声を聴いたのはどれくらい振りだろう。

「ガリにはな、俺たちには無い魅力がある。この家の人間の様にガリを捕らえているかも知れないだろ？」

「白づくめの人間たちを呼び寄せた、あの家の人間が？」

「コラ。それは違うと、」

「裏切り者は黙ってろ！」

「……ごめん」

「コラ。あの家にはヒメが居たじゃないか。それならガリを捕らえていても不思議はないだろ？」

「勝手にしろよ。どの道オレには何も出来やしない」

「ジイ。……頼む。アニキからの一生のお願いだ……」

「……ズルいよ、アニキ。ズルいよ」

「ジイ……」

「そんな事を言われたら、兄弟として断れる訳が無いじゃないか……」

「……ありがとう、ジイ」


半年振りに参謀として頭をフル回転させた。アニキの計らいでコラはここに置いて行くとの事。僕にしてもその方が良いと思う。ただし檻から出るには『手術』が必要だ。いずれにしても兄弟に早く死なれるのは耐えられない。

「アニキ、必ず戻って来ると約束して」

檻を開ける前にズルいけど約束を持ち出した。

「……分かった。必ず戻って来ると、約束する」

「安心した……。でも本当に気を付けてね……」

『ママ』の所作を見て覚えた鍵の開け方。仕組みを理解すればどうという事は無い。

「待てよっ！　オレも出してくれ」

「すまない、コラ。俺としてもコラがここに残る事は賛成で……」

「違う。違うよ、アニキ。オレの昔の事とか色々バレてんだろ？　もういいんだ。オレが悪かったんだ」

「……コラ、」

「言い出す勇気も無いオレを庇い続けてくれてありがとう。ジイも、ありがとう……」

「コラ……」

名前で呼んでくれたのは、いつ以来だろう。長く頭の中で反芻し続けた言霊が溶けていくように感じた。

「だから、せめて協力させて欲しい。オレが家の中を走り回れば少しでも逃げるチャンスが増すと思うんだ」

「……分かった。ありがとう、コラ」

アニキに促されコラの檻を開ける。

何年にも感じられる冷え切った兄弟間を、長らく固めていた氷。振りほどくように抱擁し合い、融解した。


「そろそろ、行くよ」

「アニキ。必ず戻ってくれよ」

「僕はガリを連れて来てくれると信じているよ」

「……ありがとう、行ってくる！」

――最後の作戦開始。

僕たちが居るこの部屋は二階に位置しているため先ず部屋の戸を開けさせる必要があった。ご飯の時間を待って部屋に入ってくると同時に僕が窓へ体当たりしながら『ママ』の気を引く。その内にアニキとコラが部屋を飛び出すのが第一段階だ。

続いて気付いたママが直ぐに追いかけるのを予め踏まえた上で、ある程度暴れてからコラがワザと捕まる。この隙に本命のアニキは出口を見つけ出し、外へ脱出する計画だ。最後の最後はアニキ頼りだが、他に妙案は無い。後はアニキを信じるだけだった。

《ガッシャーン……ガチャガチャ、パリン……》

ママが部屋の戸を閉め、兄たちを追いかけてから少しして下の階では大きな物音が鳴り響いた。アニキはやってのけたんだ、と確信した。

作戦成功だ――

ここに来てから一年が経った。部屋は暖かくとも窓辺に寄ると刺すような冷気を感じる。

一年前では今の生活はとても考えられなかった。

この時期は凍えながらも飢えや渇きを満たすため体力を温存し、僅かな望みを食い繋いで生きていた。特にガリは食べられないものが多くて、いつもアニキを困らせていた。思い返してみると一番身体の大きなアニキでも吐き戻してガリに与えていたからお腹が空いていた筈なんだ。だからコラはアニキに沢山、盗ってきていたんだろうな。

――僕にとっての兄弟とは。

本当に不思議な存在で、形容し難いほど大好きだ。あの頃はずっと近くにいた筈なのに心はどんどん離れていった。でも今は、それぞれが例え何処に居たって強く兄弟の繋がりを感じるんだ。皆それぞれ違うけど、足りないモノを補い合って生きてきた。一匹じゃない。皆が居たから今が在るんだ。僕にとって兄弟とは、心の支えであり、かけがえのないもの。

寒いけど、もう少しだけ外の世界を感じたい。この寒空の下、何処かで必ず生きている兄弟たちを信じて。

「アニキ。コラ。ガリ。……また逢えると、信じている」

自由の代償

作戦は失敗だった。順調に進んでいたかに見えたが突然のコラの暴走。俺に一瞥もくれず飛び出して行った。俺はと言えば下階に居た大柄の『パパ』にあっさり捕まった。やはりどれほど歩み寄ってもコラの心を開かせる事は出来ないのだろうか。


「くそっ、放してくれ！」

『どうして分かり合えないいんだろう』

『余程、怖いめにあってきたんじゃないかしら……』

「頼む、行かせてくれ！」

『怖がらなくていいんだよ』

「俺にはどうしても、やり残したことがあるんだ！」

『あなた、腕から血が……』

『こんなもの掠り傷だよ。この子の負ってきた痛みに比べたら、大した事は無いさ』

「放せ、放してくれぇ！」

『どうか私たちを信じて欲しい……』

何なんだよ、コイツ。噛んでも爪を立てても怯まない。なのに何で優しいトーンなんだ？　何をしたいんだ、コイツは。

「俺は弟を置いてきてしまったんだ……」

『ヴァール、何かを伝えたいのか？』

だから、ヴァールって何なんだよ。もしかして俺に名前をくれたのか？

「俺はガリを迎えに行くんだ」

大柄の人間は優しく撫で続けてくる。俺が怖くは無いのか？

「お前たちが他の人間と違うのは解ったよ。だけど俺は、どうしても……」

『外に何かあるのか？』

「どうしても、ガリを迎えに行かなきゃならないんだ！」

『逃げたヴィルトの事かしら？』

『いや違う気がする……』

「必ず、戻って来るから！」

『ヴァール……？』

ヴァール……、俺の名前か。戻って来たらその名を名乗ろう。

「だけど今は、アニキとして、兄として行かせて欲しい！」

『逸陽《いつひ》。行かせてやろう』

『……あなた何を言っているの？』

『ヴァールは必ず戻って来るよ』

『ちょっと！』

突然、解放され今しかないとコラの開けた穴へ走った。一度だけ振り返ると『パパ』の顔は笑っている様にも見え追いかけてくる気配は無い。

「ありがとう、行ってきます」


人間をアテにしてはいけない、人間は利用するもの。人間は気分屋で何を考えているのか解らない生き物だ。でも、先程の『パパ』は？　人間と会話が出来る筈が無い。コミュニケーションを取れる訳が無い。でも何故か、あの時は通じ合えた気がしたんだ。

俺には、また帰る場所が出来た。兄弟たちと共に生まれ育った生家にはもう住めないだろう。でもガリが来てくれれば兄弟が揃う。コラの奴もきっと帰ってきてくれる。『パパ』や『ママ』の事を考えると何故か恥ずかしくなり笑みを零した。それに何だか心が、気持ちが強くなった気がするんだ。俺には帰る場所がある。アニキとして最後の約束を果たしに行こう。ガリ、待っていてくれよ。

だが、未来への希望を抱き意気揚々と出発した俺を待っていたのは厳しい現実と絶望だった。

――先ず、ここが何処なのか。

考えていなかった訳では無いが、……いや考えていなかった。外にさえ出られたらどうにかなると思っていた。飯のタイミングに合わせて出てきたのだから当然なのだけれど腹は減ったし、どんなに歩いても知らない風景だった。これはマズい。非常事態だ。

――不幸中の幸い。

手あたり次第にゴミ捨て場を漁って取り敢えずの飢えは凌いだ。当然だが、この縄張りの奴等は許してくれない。五匹、まだ増えるか。七匹、上等だ。

裂帛の黒白と恐れられた通り名だったが、ここでは通用しないらしい。それだけに生家を探し、ガリを助け出す旅路は長く険しいものになるだろう。幸い、俺は強かった。最後の茶トラが縄張りの長だったらしい。

――そろそろ眠たくなってきた。

睡眠も立派な旅の要素だ。これから何日、野宿をするのだろう。もう腹が減ってきた。駄目だ、弱音は吐くな。こうしている間にもガリは震えているかもしれない。今日はもう少し歩こう。少しでも早く辿り着けるように。

——この臭いは。

この匂いは！　海だ！　遂に海を見つけたんだ！

これから始まる大冒険に胸を躍らせ、足を弾ませ、違う！

海があるのなら話は早い。後はこの道を真っ直ぐ進めばいいだけだ。……どちらに？

——どちらに進む。

右か、左か。

これが俗に言う運命の分かれ道ってやつか。冒険しているって感じだ。こうしてみると旅猫も悪く無いかもな。しかし選べないまま丸一日が過ぎた。そろそろ決めるしかない

……こっちだ！

——この道、合っているのか？

分からない。海を眺めても同じ景色にしか見えないし、腹は減ったし……。駄目だ、ガリが待っているんだ！

——そろそろ寝た方が……

ガリが……、ガリが待っている、んだ……

旅に出てから何日経ったのだろう。寝落ちては歩き、寝落ちては歩きを繰り返す日々。流石の俺も心が折れかけてきた。気を抜けば死体と勘違いしたトンビが襲い来るし、荒らしたゴミ捨て場の縄張り猫たちからの夜襲は日常茶飯事だ。次第に争うのが面倒臭くて飯を二日に一回にしたけど腹が減って歩くペースが上がらない。

無謀だったんだろうか。

――もう、帰る？

気付いて急に恐くなったんだが、帰り道が分からない。多分歩いていれば何となく道を覚えていると思うのだけれど、これ以上進んで大丈夫なのだろうか。

――「いいお天気ですね」

そうですね。

――「旅猫さんですか？」

長らく自問自答し続けていたせいか空耳のクオリティが妙にリアルだ。

「あの……？」

「あ、ええ……、えっ？」

振り返ると愛らしい三毛猫が後を付いて来ていた。

「気が付かなかった……」

「考え事ですか？」

「あ、ええ。まぁ、そんな所です」

「どちらから来られたんですか？」

「えと、向こうの方から……」

「どちらまで行かれるんですか？」

「んと、……あっちの方に」

「そうですか……」

何なんだこの子。質問ばっかしやがって。

「もう、行かれてしまうのですか？」

「あ、はい。急いでいるので」

「そうですか……」

女特有の匂いだ。そして何より、可愛い……。駄目だ、俺は急いでいるんだ。

「こんな所をうろついていたら危ないですよ」

「優しい方ですね」

「いえ……。それじゃ……」

「……お待ちください」

この子と居ると調子狂うな。何でそもそも敬語なんだ？

「まだ、何か？」

「お疲れのご様子ですし、宜しければ一緒にお食事でも、と」

――モテ期、到来？

これは誘っているのだろうか。こんな可愛い子が？　三毛猫だから……、もしも、もしもの場合、黒に白に茶に……。どんな毛種が産まれるんだろう……。駄目だ。だ、め、だ。

この考えは間違っている。行きずりの恋なんて、そんなの駄目だ。子供を作るなら俺は家族そろって暮らしたいんだ。

「気持ちは嬉しいけど、先を急ぐので」

「どうして……、それ程までに急ぐ理由は何なのですか？」

「こうしている間にも、弟が震えながら待っているんです」

おおっ……。この台詞はカッコいいのでは。

「私には魅力が無いのですね……」

「いえ、そんな事はっ！」

「なら、どうして！」

――モテる男の宿命なのか。

断り続けては、この子に失礼かも知れない。せめてもう一度断って、それでもこの子が擦り寄ってきたなら……、それからなら……。

「俺なんかに貴方の様な美しい女性は似合いません……」

「……はぁ？　今時、硬派気取るとかキモいんだよ！　もういい失せろっ！」

――何が起こったのですか？

分かりません。

ただ一つ理解出来たのは、女は怖いという事です。世界は広い、知らない事は沢山あるもんだ。


よく、この浜辺で先代に色々な事を教わった。この流木に並んで座り昼寝もした。先代が死んだと聞いた時は気が動転して暫く何も手に付かなかったな……。

そう。あの時も、あそこから太陽が昇り、先代が「行かなくて良いのか？」と俺を起こす。慌ててコースを走りながら弟たちの分まで飯を乞うんだ。いつもの朝、もう来ない思い出の朝。

――と、いうことは？

辿り着いたんだ！

「ガリっ！　ガリ！　何処に居るんだ！」

生家は以前のままだったが、ガリの姿は何処にも見当たらない。軒下だろうか。

「ばかなっ！」

俺よりも先に声を挙げたのは懐かしい顔触れたちだった。

「おぉ、懐かしいなウミさん」

「黒白が帰ってきた！」

かつて傘下だった猫たちは幽霊でも見るかのように怯え、逃げて行く。

「何だってんだよ。……ウミさん元気だったか？」

「それは、……どういう意味です？」

何だコイツ。

「いや、普通に元気だったか聞いただけだろ」

「い、今この縄張りは、この俺。蒼白のウミが仕切っています。今更、戻って来たからって……」

蒼白のウミ？　ダサい通り名だ。ウミさんが縄張りの長とは、悪いけど向いてない。

「ガリを見なかったか？」

「アンタの椅子はもう無いんだよっ！　やっちまえ！」

「……興味ねーよ。だいたい他の奴等は皆、逃げて行ったぞ？」

「えっ……」

可哀想な奴だ。

「ガリを見つけたら直ぐにでも出て行くさ」

「そ、そうでしたか……。言い辛いですけどガリさんは……」

「ガリが、どうしたんだ？」

「あの救出作戦で、この家の人間に囚われたままです」

そうか。やはり生きていてくれたか！

「分かった。ありがとう、ウミさん！」

「あ、あのっ……、本当に直ぐ、出て行ってもらえるんですね？」

「……ガリを助けたら出て行くさ、直ぐにな」

もうここに俺たち兄弟の居場所は無い。こんな腑抜けた奴を相手に今更、取り戻したいとも思えなかった。

軒下から出て縁側の様子を窺うと微かに声が聴こえたんだ。

（アニキっ……アニキっ……）

「ガリ！　何処だ！」

（アニキっ！）

声の元を探していると生家の窓辺で、ヒメと寄り添って佇むガリの姿を見つけた。無我夢中で駆け寄ると衝撃が鼻先から顔面を襲う。窓ガラスで隔たれた室内にガリは囚われているのだ。

「今助けるぞ！」

爪が掛からなくとも関係無い。何度も何度でも激しく爪を立て引っ掻き続けた。

（アニキっ！）

「待ってろ！　今、」

（違うんだ、アニキ……）

「ガリ？」

（僕は、ミアと。この家の人間たちと一緒に暮らそうと思うんだ）

ミア？　そうか。それがヒメの名前か。真っ直ぐに見つめ返す四つの瞳はとても澄み渡っていて、野生下での淀んだ曇りなど一片も感じられなかった。

思わず目を伏せた俺とはもう住む世界が違うのだろう。何よりあの痩せこけていたガリが逞しい健康的な身体つきになっていて幸せそうじゃないか。

「……いつか、お前たちの子供の顔でも見に来るよ」

ガリは応えず徐に身を翻し、尾をピンと立てた。

「なっ、……ガリお前、タマはどうした？」

本来あるべき所に、ある筈のタマが見当たらない。

「畜生っ、人間にやられたんだな！」

再びガラスに爪を立てたが、正面に座すガリの表情は穏やかだった。

（アニキ、良いんだ）

「いいもんか！」

（良いんだ。最初は僕も驚いたけど、タマを失った代わりに心が穏やかになった）

（私も物心ついた時に子供を産めない身体になったわ。でも、だからと言って女で無くなった訳ではないの）

（性を超越した、って言うのかな。上手く言い表せないけど僕たちは今、凄く幸せなんだ）

ガラスについた肉球越しに室内の温もりが伝わってくる。俺はもう二度と頼りない一番下の弟を舐めてやる事は出来ないんだな。

（アニキ。僕はミアが庇ってくれたお陰でここに居られる。けど兄弟たち皆を受け入れてくれるわけでは無さそうなんだ。だから、アニキ。……アニキとはここで、お別れなんだ）

ガラスから手を離し、静かに頷く。こんな時、なんて言ってやれたらカッコいいアニキで居られるのか、頼れるアニキと慕ってくれるのか。いや、もうやめよう。ガリは自分の意思で道を見つけたんだ。

「おめでとう。元気でな……」

最後に目を合わせる事は出来なかった。少し行った先の物陰から一度だけ振り返ると仲睦まじく窓辺で繕い合う二匹の姿があった。

「幸せに暮らせよ……」

目的を失ったのか、達成したのか。呆けたまま歩いていると何故かリーベの所に来ていた。

「……リーベ。居るか？」

ゴミ捨て場裏の林からは見知らぬ男が出て来るなり、早々に逃げて行く。

「黒白……っ！」

「どいつも、こいつも……」

行く宛ての無い俺は、ただ歩いた。来た道を戻るでもなく。新たな居場所に戻るでもなく。この感情が何なのか解らない。全てがどうでも良くなった感じだ。俺を慕ってくれていた、かつての兄弟たちはもういない。リーべも。

――俺はそもそも何でリーべを匿ったんだ？

妊娠していたからだ。しかしコラのせいで野猫の集団に襲われ流産した。

――責任を感じて匿っていた？

そう、なのかも知れない。母猫に重ねたんだろう。

――それ以降、リーべの求愛を断り続けたのは何故？

当たり前の事をしただけで、恋とか、愛とか。リーべの勘違いだからだ。

――リーべを異性として何とも思っていなかった？

分からない。けど、もういいだろ。終わったんだ。

――リーべを異性として何とも思っていなかった？

俺は何をしているんだろう。

――リーべを異性として何とも思っていなかった？

……少なくとも、最初は妊娠していたから助けただけだった。けど、……毎日顔を合わせるうちに好きになってしまったのかも知れない……。

――それなのに、リーべからの求愛を断り続けたのは何故？

……怖かったからだ。この残酷な世の中で子供を幸せに出来るのか自信が無かった。それ以上に父猫を知らない俺なんかが育てていけるか分からなかったから……。

――では何で今、ここに来た？

――何をしに、ここへ来た？

――俺は何を期待していた？

もう終わったんだ！

――諦めるのか？

――逃げるのか？

諦めない選択肢って何だよ……。逃げるって何だよ、何が出来るんだよ……。

――ここで、もし……

えっ、何だよ、何を考えたんだよ今。

――後悔する。

ここで諦めたら一生、後悔する。そうだ、後悔するだろう。

――それでもいいのか？

良い訳無いだろ！

来た道を駆け戻り、林の中へと飛び込んだ。

「リーベ！　俺だ、何処に居る？」

返事は無く、林から出ると丁度戻って来た男に飛び掛かった。

「おい、リーベは何処だ！」

「黒白……っ！　助けて下さい、助けてぇ……」

「答えろ！　リーベは何処に居る！」

「あのメス猫は……、確か打尽作戦のあと一通り回されてから隣の縄張りに……」

「何だと！」

打尽作戦？　何の事だ、それより……コイツ等……。

「ひぃ、許して、殺さないでぇ……」

「それはお前の返答次第だ……」

「何でも話しますから……」

「そもそも打尽作戦とは何だ？」

「あ……、アンタが長だった時に救出作戦とか言っていた、アレです……」

「どういう事だ？」

「ウミさんが、その、……黒白兄弟を一網打尽にする好機だと……」

「何だ、と……」

「ぎゃあぁ……、許して……」

喉元に突き立てた鉤爪の力が抑えきれない……。

「リーベは、何処の縄張りに居る？」

「き、雉縞一家の縄張りです……」

そうか、そうだったのか。そういう事だったのか。生きてさえいてくれていたなら、それでいい。待っていろ。

「ぎゃぁぁあぁ……っ！」

身体の底から力が込み上げてくる。リーベは別に俺以外を愛した訳じゃ無かった。

――何がどう変わったのか。

分からないけれど今なら堂々と言える。

――何を？

俺はリーベが大好きだ！

元々、猫の縄張りなんてちっぽけなものだ。人間の家に換算すれば僅かに五、六軒、ほら、もう着いた。

　息を整えながら雉縞一家の集会場所である公園を見渡す。

「誰か居ないのか！　俺だ、黒白だ！」

「え、アニキっ。アニキなのね！　無事で良かった……」

「リーベ！」

　公園の隅から出てきたのはリーベだった。

「リーベ。生きていてくれて、ありがとう」

「そんな、アニキこそ」

「ここで暮らしているのか？」

「ボスさんが助けてくれたの……」

「アイツが？」

「今は何と言うか……、そのまま居ついてしまったけど……」

　どんな風の吹き回しだ。アイツが他の毛種を受け入れるなど考えられない。

「ボスは何処に居る？」

「この裏手にある空き家の軒下に居るわ」

「分かった……」

「待って。彼にはもう、その……」

ここで俺が嫉妬するのはお門違いだ。少なくとも助けてくれたのが奴だったから今でもリーべはこうして生きてくれている。

「大丈夫。久々に顔を見に行くだけだ」


それにしても随分と不用心だな。さっきから全く猫を見かけない。公園の裏手にある空き家、これが雉縞一家の住処か。

今にも崩れ落ちそうな屋根と、奔放に茂る野草。壊れた門扉を飛び越え軒下を覗き込む。

「ボス、居るか？　俺だ、黒白だ」

微かに中から呻き声が聞こえ静かに中へ入っていくと、そこには老いた残響が横たわっている。

「なっ……、お前、ボスなのか？」

変わり果てたかつての宿敵は、ゆっくり瞼を押し上げ口を開いた。

「黒白……。そうか、生きておったか」

「……どうしたんだ、お前」

「どうしたも何も、老いただけの事」

俺の一つ上だから今年五歳の筈。俺もあと一年でこうなるというのか……。

「……リーベを助けてくれたんだってな。感謝する」

「ガハハハッ、……ゴフッ。あの黒白から感謝される日が来ようとは」

咳き込みながらも気丈に振る舞うボスの姿は誰かに似ている。そうだ、先代だ。こうしていると何だか先代と話している様で気が緩む。

「……何故、助けてくれたんだ？」

「何故じゃろうか……。心が弱っていたせいかも知れんなぁ……」

「正直、卑怯や卑劣を体現したような奴として俺はボスを見ていたから、信じられなくてな」

「それで良い。……卑怯、卑劣と罵られようとも生き抜けばこその人生よ」

「哀愁を漂わせやがって。お前らしくも無い」

何がボスをここまで変えたのだろう。

「もう儂には何も無い。事故で妻や子を失ったのだ……」

「……そうか。それは、辛かったな……」

「ガハハッ。今度は同情か？　忙しい奴だ」

「それで心どころか身体まで弱くなっちまったのか……」

「言うな。自由を選んだものの命は儚く短い。ならばせめて思うように生きてやろうと。最後の願いは孫たちの幸せだった、しかしこの年でそれが叶わなくなった今の儂には本当に何も、残っていなかったんだ……」

可哀想だという表現は違うのだろう。自業自得と罵るのは流石に憚られる。

「縄張りに他の猫が居ないようだが?」

「ここはもう、とっくに枯れた土地。居ついたところで喰っては行けんさ」

痩せこけた身体からは生気が感じられなかった。この様子からして少なくとも数日は何も食べていない筈だ。

「……待っていろ」

「ひぃっ！　まだ何か……」

「ウミさん。面白い事を聞いたんだ」

「な、んでしょう……」

「打尽作戦についてだ」

「ひゃぁあ……、許して……」

ウミの後方には下っ端に献上させたのだろう不思議なビニールと人間の作った『フー

ド』と呼ばれる袋が丸ごと置いてある。流石に不思議なビニールは……、もう食べてしまったが、この袋はボスにくれてやろう。

「……俺が理不尽な扱いをしたせいだな。作戦についてはコレで許してやる」

「あ、あの本当に、すいませんでした……」

「……だが」

「ぎゃっ！……」

「リーベの事は許せない……。黒白の生家だ、お前の墓場には余るがな」

軒下から出ると庭を通らず、そっと海岸沿いへと迂回した。もう振り返らない、俺も前に進むよ。弟として生まれてくれて、アニキと慕ってくれてありがとう。さよなら。


「俺の唾液特典付きだが、くれてやるよ」

死んだのか？　微かな寝息が聞こえる。

「起きろ！　喰え！」

「うるさいのぉ……」

ようやく瞼を押し上げた。

「食え」

「ガハッ。あの黒白から、」

「いいから食え！」

強引に袋を引き千切るとボスの顔面に撒き散らす。後は水か。水を運ぶとなると一筋縄ではいかないが、どうするか。

空き家周辺を見回っているとリーベがやって来た。

「リーベ！　どうした？」

「その、少し心配になったから……」

「大丈夫だ。それよりボスに水をやりたいんだが何か策はないか？」

「良かった。それなら……」

他の猫たちが次々に離れていく中、リーベがこの地に残っていたのは少なからず無条件で縄張りへ迎え入れてくれたボスを看病する為だったのだろう。

「実は、ボスはもう歩けないの……」

そう言いながら慣れた足取りで門扉を飛び越え、雨水が溜まっていた容器を咥えたまま軒下へ入っていく。

「至れり尽くせり、だな」

少し嫌味が過ぎただろうか。ボスの口元に容器を置いたあと二匹で軒下を後にした。

「あれから、どうなったの？」

「色々あったよ……」

「アニキの話、聞かせて！」

無邪気に笑うリーベが好きだ。

「リーベ、その……。今日の所は少し休ませてくれないか？」

「ごめんなさい。疲れているわよね、私ったら興奮しちゃって……」

「ここで休んでいいか？」

「もちろんよ！　好きなだけ居てくれていいわ！」

「ありがとう」


――多くの葛藤があった。

出生、兄弟との確執、見栄、裏切り。その度に自分が判らなくなった。

信頼、約束、共生、愛情。喪失感を埋め合わせる為じゃない。何かに対する反抗でも無い。俺の、自由な未来への選択だ――

「体調良さそうだな」

「ああ。この子たちは儂の生きる希望じゃ。ほうら、おいで！」

「あら、仲の宜しいこと。フフッ」

リーべとこの地に暮らし始めて半年が過ぎた。寿命だとばかり思っていたボスは息を吹き返し、今では子供たちと駆けまわるのが日課になっている。

「ボス！　歳なんだから考えて走れよ！」

これが幸せというものなんだろう。飯は俺が盗ってくるし、水は雨水をためておけばいい。この子たちは何不自由なくこのまま……。

——俺が死んだあとは？

その頃には流石に自分で盗れるようになっているさ。

——同じ未来を歩ませるのか？

これが、これこそが自由な筈じゃないか。

——子にも代償を払わせるつもりか？

代償？

——あの日の「約束」は？

そうだった。確かに俺は約束した、だけど！

――子の未来を選べるのは今しかない。

未来。確かにそうだ。少なくともあの『パパ』や『ママ』の下へ連れて行くことが出来たとしたなら子供たちは長生き出来るし、飢えに苦しむことも無いだろう。

仮に、仮にだ。連れて行くのなら俺がまだ動ける今しかない。最近は急激に体力も落ちてきたしリーべも一回り小さくなったように思う。あの場所がもしも猫にとっての楽園ならば子供たちは安泰だ。逆に『パパ』や『ママ』が受け入れてくれなかったなら背負うリスクは余りに大きい。

――どうする？

どうする。

「リーべ。ボス。聞いて欲しい話があるんだ。リーべにはいつか話した事がある、初めて通じ合えた気がした人間についてだ」

子供たちが遊び疲れて眠ったのを確認し、改めて二匹に話し始める。それは俺が今に至るまでの物語。そして、そのバトンを託す選択の話。

「信頼出来て、通じ合える人間か……」

「本当なんだ。ボス」

「私はアニキが行くというのなら、反対しないわ」

ボスは子猫たちの寝顔を見つめ微笑むと、静かに語り出した。

「少し、儂の話をしよう」

――兄弟はこの子たちと同じ五匹。生まれた時から人間と共に何不自由のない暮らしを送っていた。父猫の大きな背中に乗って遊んだのを今も良く覚えている。

初めは人間たちも儂ら兄弟に優しく、信頼し合っていた。だがしかし、その日は突然訪れた。飯の周期が徐々に長くなり始めトイレの掃除はしてもらえず日々、劣悪な環境に変わっていったんだ。

いくら母猫が訴え出ても聞く耳を持たなかった。それどころか再び母猫の妊娠に気付くや否や儂たちの目の前で母の腹を蹴り上げ、母胎ごと殺したんだ。

父猫は怒り狂い人間に飛び掛かっていったが片腕で跳ね飛ばされると意識を失った。儂たちは小さく息苦しい箱に詰められたあと浜辺に捨てられた。

トンビの脅威に晒され兄弟たちが次々に喰われていく中、儂は兄弟を盾にして生き残った。何とか生家らしき見覚えのある家に辿り着いたものの、もぬけの殻。人間たちは父猫だけ連れ、家を出て行った。

泥水を啜り、飢えを凌ぐためなら何でも詰め込み、吐いてはこの世を恨み続けて生きてきたんだ。過去を忘れる為に離れたこの地を選び、血族の繁栄を願い、生涯信頼し合える「大家族」を作りたかった。しかしこの世は残酷で、あまりに無情なものだった。我々猫が生き抜く為には一匹で喰っていくのがやっと、ということなんだろう。

暫くして、かつての生家で同じキジトラが旗揚げしたと聞いた。淡い期待を胸に儂は無我夢中で駆けて行ったよ。

「人間をアテにしてはいけない、人間は利用するもの」

大柄のその男は、裏切られたのはアテにした儂が悪いのだと。儂の考え方が間違っていたのだ、と吐き捨てた。全てに絶望し、怒り、復讐のために力をつけ雉縞一家を旗揚げした。

唯一、後悔しているのは、死に目に会えなかった事だ。儂が指示し風来坊を差し向けたんだ。まさかあの大柄な男が簡単に討たれるとは夢にも思わない。

今思えば、儂に強くなれと背中で見せていたに違いないが、それでも直接聞きたかった。

真相は、心根は闇の中へ儂が自ら葬ってしまった。

後の事は、もう知っての通りだ。――

涙が止まらなかった。

先代が本当に育てたかったのは俺じゃない、ボスだったんだ。ボスが旗揚げしたから切磋琢磨し合えるように俺を育てたんだ。想いを、俺に重ねて。

「決めたよ。道のりは険しいけれど俺はこの子たちを人間の下へと連れて行く。ボスが経験したような人間も確かに居るだろう。この先、裏切られることがあるかも知れない。だけど俺は信じたい」

あの時の通じ合えた感覚。何より多くの猫たちが幸せそうに暮らしていた。ボスのようにはならない筈だ。リーベもボスも黙ったまま俺の話に耳を傾けている。

「俺は、この子たちを自由という名の地獄に置いては逝けない。名ばかりの自由はあれど猫がまともに生きられる環境は何処にも無いんだ」

リーベが寄り添い優しく微笑む。

「なら儂が最期に出来る事は一つだ。この子たちを必ず送り届けられるよう儂がお前の右目になろう」

「ありがとう、ボス……」

「今更だがな、許して欲しい。あの時の儂にはまだ何も見えてはいなかった」

「良いんだ。この目を失ったお陰で、共に旅が出来るなら」

「行こう！」

「行きましょう」

道のりは長く、険しいだろう。それでも俺は子供たちの未来を明るく照らしたい。飢えや恐怖に怯えさせたくない。『パパ』や『ママ』を、人間を信じてみたい。

この命に代えてでも、必ず。

旅路の果てに

記憶を想起しながら海岸沿いを進む。左手に延びる海は一体、何処まで続いているのだろうか。

「じぃじ、おなかすいたぁ……」

「ぼくもぉ」

「そろそろ飯にするかの」

「ああ、そうだな。よし、何か取ってくるから待っていてくれ」

「アニキ。気を付けてね」

「ああ」

子供たちをリーベとボスに預け、近場のゴミ捨て場を探すため海岸沿いに並行して続く道路まで走ると左右を見渡す。

「きゃあぁあぁあっ！」

「たすけてぇ！」

「ぱぱぁっ！」

突然の悲鳴に振り返ると上空からトンビの群れが家族たちに襲いかかっていた。

「くそっ！　待っていろ！　今っ……」

砂に足を取られ思うように走れない。こうしている間にも家族に向かって次々とトンビが飛来していた。

「やめろ！　失せやがれっ！」

渾身の一撃は空を切ったが、トンビたちは高く飛びあがると旋回しながら依然として様子を窺っているようだ。

「ここはマズい、道路から進もう！」

海岸沿いに物陰は無く、上空からは丸見えな上に飛来する際の速度は俺でも集中していなければ反応し切れない。子供たちを庇いながら進むリーベや、老いたボスが相手に出来る訳も無く逃げる他に選択の余地は無かった。

「オップとファーが……」

泣きじゃくり、持たれかかるリーベを鼓舞しながらも進むしかない。悲しみに暮れている余裕は無いんだ。

「今は進むしかない。これ以上、犠牲を出さない為にも時間は掛かるが道路沿いの物陰に隠れながら進もう」

「すまない……。儂が付いていながら……」

「ボス。いいんだ。海岸沿いを選んだ俺の責任だ……」

未だ状況が理解出来ていない子供たちは無邪気にはしゃいでいたが、笑みを返すだけで誰も口を開かない。今はただ、進むしかない。

幸い、道路沿いには等間隔でゴミ捨て場があり何とか食い物にありつくことが出来た。しかし食事をゆっくり楽しむ時間は無い。いつ縄張りの猫たちに襲われるか分からないからだ。

「ぱぱ、つかれたぁ！」

「ねむいぃ……」

「まま、だっこぉ！」

子供たちにこの旅は酷だ。大人の俺でさえ道中、何度も心が折れかけたんだ。リスクは高まるがペースを落とし少しずつ進むしかないだろう。

陽が落ちると道路沿いから一本道を挟んだ住宅街に移動し、廃墟らしい家屋の庭で休む事にした。流石に今日は疲れただろう。ボスに寄り添い無邪気に寝息を立てている。

「ボスにも、さぞ堪えるだろうな。この旅は」

「……あの時、私がしっかりしていたら……」

「リーベ。もう済んでしまった事だ。この子たちが無事で居てくれただけでも有難いと思うようにしよう」

「でも……」

「リーベ、おいで」

身を寄せ合い静かに浮かぶ月を眺めた。

「この先さらなる危険が待っているかもしれない。でも、それでも進むことを決めた以上立ち止まる事は出来ないんだ。子供たちの未来を照らす為に……」

「死んでしまったら、未来なんて無いのよ？　……。ごめんなさい」

「……いいんだ。リーベの言う通りだ。すまない……でも、」

「分かっているわ。頭では解っているんだけど、心が追い付かないの……。今日はもう寝るわね」

「……おやすみ」

眼前にある束の間の幸せ。焦燥に駆られながら俺はまだ迷っているのか？　大丈夫だ。

答えは変わらない。自由の中に、未来は無い。

逸る心情を宥めるように。世の理を諭すように。煌めく荘厳をただ眺めていた。

「また、逢ったわね」

ふと現実に呼び戻され、声に顔を向けると割れた塀の上からいつかの三毛猫が恭しく見つめている。

「君か。悪いけど俺は……」

「キモっ。誰がアンタなんかと寝るかよ！」

三毛猫は目を細め、後方で眠るリーベたちに気付いた様だ。

「へぇ。硬派気取っておいて他では、やる事やってんじゃん」

「放っておいてくれ」

「他所の縄張りでいい気なもんだね。昼間、勝手にゴミを漁っていたのも知ってんだよ！」

「子供たちが起きる。もう少し静かに話してくれないか」

「フンっ。よっぽど腕に自信があるのか、ただの馬鹿か。いずれにしても後悔するよ」

「俺が君を振ったからか？」

「自惚れんなよ！　マジでキモいから」

「なら、どう後悔するのか教えてくれよ」

立ち上がり語気を強めた。

「本当ムカつく。覚えいてろよ、偽善者《ぎぜんしゃ》！」

三毛猫は息巻き身を翻すと塀の向こう側へ飛び降りていった。

――偽善者か。

少なくとも今のままでは偽善かも知れない。人間に脅かされ猜疑心《さいぎしん》に染まった俺たち猫が、これから人間を信じようと言うんだ。本当ならリーベやボスも未だ懐疑的《かいぎてき》に見ているに違いないだろう。このまま偽善で終わらせるわけにはいかない。何としてでも必ず、辿り着くんだ。


気付けば一睡もせず、刺さる暁光《ぎょうこう》に眼を細めた。

「皆、起きてくれ。そろそろ進もう」

ごねて丸まる我が子を咥え、海岸沿いの道路まで戻ると再び歩を進める。

「じぶんで、あるけるぅ！」

「本当か？　それは助かるなぁ」

ニヒを放し鼻でお尻を押してみせる。

「うわぁっ」

前のめりに倒れたニヒが頬を膨らませた姿に俺たちは笑った。幸せとは何か。これも幸せの一つであることに違いはなく、いつまでも続いて欲しいと願う気持ちに変わりはない。だが名ばかりの自由の中にあってこの先、僅かな幸せの為にどれほど犠牲を払い続けるのだろう。本当の幸せは不自由なのか。それも違う、束縛され拘束された中では心が死んでしまうだろう。では、幸せとは一体……。求める答えが見つかると信じて今は進もう。

「でも咥えてしまえば危険は少なくなるかしら」

「俺まで咥えていたら、いざって時に皆を護れないよ」

「それはそうね、フフッ。でも、」

リーベはおどけながら先行して進もうとする我が子を咥え上げた。

「うわぁ、まま、はなしてぇ！」

「確かに安全かも知れんの。ほうれ、」

駆け寄るボスから逃げるようにニヒが車道へ飛び出した。

「にげろぉ」

「危ない！」

叫んだのはボスと同時だが、俺の位置からでは間に合わない。

先行していた子供たちを追い、一番近くに居たボスが飛び出した我が子を咥えると反対側の歩道まで駆けて行く。

「ボス！」

手前の車線で転倒した我が子は辛うじてボスに咥えられ窮地を脱した後、大型のトラックが真横を通り過ぎて行った。

「良かった……」

安堵したのも束の間、トラックが過ぎ去ると反対側の車線で横たわるボスの姿が。

「大丈夫か！」

左右から車が来ないのを確認し駆け寄るとボスの胴から下は完全に潰れていた。

「そんな……」

「じぃじ、おきてよー」

救われた我が子がボスの頭に擦り寄るも微動だにしない。

「ボス、ボス！　頼む、目を開けてくれぇ」

微かに抜ける息。最後に聴き取れた言葉は「ありがとう」だった。

――ありがとう。

妻と子も車に轢かれて死んだと言っていた。同じ死に方で逝く事になってどんな心境だったんだよ。何で最期に「ありがとう」なんだよ。感謝を言うべきは俺だろう。こんな旅路に付き合わせて、すまなかった。ありがとう、ボス。

　再度、左右を確認したあと子を咥えるとリーべの待つ歩道へ引き返す。唖然としているリーべに目で訴えかけると決して振り返ること無く歩き出した。


「じぃじはどうするの？」

「まだねてたよ！」

「おいてくの？　じぃじ」

「じぃじはね、天使になったんだ」

「てんし？」

「なに？　それ」

「わかーんない」

「これからは、空から皆を見守ってくれるんだ」

「すごーい」

「ぼくもいきたい！」

「……じぃじには、もうあえないの？」

「もう会えないけど、きっと傍に居てくれる」

寿命の尽きかけたボスが最後に見出した光。その命を代償に繋ぎとめた未来。必ず明るい未来へと繋いで見せる、ありがとうボス。決して忘れない。


どれほど辛くても腹は減る。まして子供たちを飢えさせる訳にはいかない。周囲を確認し手近なゴミ捨て場を覗き込んだが袋は無かった。

「マズいな。この時間は人間に回収された後だから暫く飯にありつけないぞ……」

「いやだ！」

「おなかすいたぁ」

「おうちにかえりたい」

「アニキ、どうするの？」

「待ってくれ……、そうだ！」

どの地域にも猫の縄張りがあり、深くまで介入するのは危険な行為だ。しかし背に腹は代えられず昔のコラを思い出していた。

「盗ってくるから安全な場所で待っていて欲しい」

「でも……」

「すぐに戻る。車道の近くは危ないから……、どこか物陰に隠れて待っていてくれ」

俺がこの場を離れるのは危険だがリスクを冒さなければ飯を得られない。とにかく何か食わねば子供たちはすぐに死んでしまう。やるしかないんだ。

こうなるとコラの凄さが身に染みて解った。人間に媚びて乞うのではなく人間から奪うのは敵対する行為だ。動物的本能から巨大な人間を前にすれば恐れるのは当然だろう。自ら敵意を持って向かっていくなど自殺行為に等しい。しかしコラは平然とやってのけていたんだな、こんな危ない事を。

周囲を警戒しながら住宅街を観察。少し歩くと白基調の一軒家で一階の窓が開いているのを発見した。ここしかない。

そっと室内の様子を探るが人の気配は無いようだ。忍び込もうと前脚を上げた途端、後方で物音がして振り返ると漆黒の牙が目に飛び込んできた。

「グゥルルルルル……」

コイツはヤバい、犬だ！　見るからに残虐性を帯びた鋭い牙、滴る唾液。向かい合えば即座に自分が弱者であると恐怖心を植え付けられる。後ろ跳びし、敷地の外まで逃げると幸い鎖に繋がれており追いかけては来られないようだ。

助かったが結局、飯は得られておらず子供たちやリーベは今も危険な環境下で俺を待っている。逸早く何か見つけなければ……。

立ち去ろうとした時、芳ばしい匂いが胃を躍らせる。何処だ？　一体何処からしているんだ？　目線を犬に戻すと滴った唾液の先に飯が盛られているのであろう器を発見。しかし犬が食べる為に置かれた器という事は当然、奴の射程距離まで入らなければ盗るのは難しい。

「グゥルルルルル……」

再び敷地内へやって来た侵略者を排除しようと先程よりも低く、荒々しく唸り始めた犬と対峙する。あの牙で噛み付かれたなら一瞬で楽になれるだろうな。

「一応、聞いてみたいんだが……。その飯を、分けてもらえないかな？」

「グゥルル……」

言葉が通じないか……

「敵意は無いんだ、でも子供たちが腹を空かせていて……、頼むよ……」

何とかジェスチャーで敵意が無い事を伝えたかったのだが、やはり時間の無駄か。

「……いいだろう。但し、条件がある」

驚いた。言葉が、伝わるのか……

「あ、ありがとう！　本当に助かる！」

「この飯はくれてやる。代わりに教えてくれ、猫たちにとって人間とは何だ」

「人間とは？　そりゃあアテにするのではなく、利用するもので……」

「何を言うか！」

猫のそれとは比にならない怒りを露わにした怒号は、俺の中で拍動する頼りない心臓を鷲掴みされたような錯覚さえ覚える。

「私は、ご主人様を、人間を愚弄《ぐろう》する猫どもが嫌いだ」

「ご主人様？」

「お前たちの様な下等な動物に崇高な精神は理解し難いだろう」

「何だと？」

「所詮、息巻いたところで惰弱《だじゃく》、脆弱《ぜいじゃく》、柔弱《にゅうじゃく》、虚弱《きょじゃく》。犬の前に為す術も無く平伏す弱者め」

落ち着け。今、言い争っている場合じゃないんだ。ん？　コイツ……

「お前は病弱じゃねぇか。それで強い言葉ばかり並べていたのか」

「何を言うか！」

前面の上半身は確かに逞しいが横たわったままの下肢に巻かれた布は痛々しい怪我を意味しているのだろう。

「……歩けないのか？」

「前脚さえ動けば充分だ！」

そうか。コイツも辛い目に遭って来たんだな。

「すまなかった。気を悪くしたなら謝るよ」

「同情でもしたか、猫の分際で、」

「ついさっき、俺の家族ともいえる仲間が車に轢かれて死んだんだ」

もしかしたらコイツも……。

「……そうだったのか」

「俺はずっと悩んでいた。心を削り人間に媚びを売るか、ゴミを漁るか。はたまた忍び込んで盗むか。いずれにしても俺たち猫はまともに生きられない。何でこんなに苦しまなければならないのか、ずっと判らなかった。けど、この旅路は信頼できるかも知れない人間の下に俺の子供たちを連れていく為のもの。何とか生きて辿り着かなければならないんだ！」

横ばいになった犬は鼻先で器を押してよこした。

「つい、怒鳴ってしまって悪かったな。私には猫という生き物が、あざとく浅はかで、軽薄なものに見えていた。しかしお前のような奴が居るのなら私の考えが間違っていたのかもしれないな」

ちゃんと話せば分かり合える、あの時だってそうだった。人間の言葉は分からなくても気持ちが伝わり合う、この感覚があったじゃないか。

「ありがとう。飯を少し貰っていく」

「子供は何匹居るんだ?」

「五匹だが、この旅で三匹になった……」

「そうか。それでは少しじゃ足らんだろう。口に入るだけ持っていくと良い」

「ありがとう」


種族を越えて、相手を理解しようという気持ちさえあれば心を通わせることが出来る。それはきっと猫と人間においても可能な筈なんだ。期待を膨らませリーべたちの下へと走った。

種族を超えて。分かり合える、理解し合える、信頼し合える筈なのに。どうして俺たち猫同士で争わなきゃならないんだ!

「邪魔だ、どけ!」

戻るとそこには二十を超える猫たちがリーべを、子供たちを取り囲み、わざとらしく威嚇して楽しんでいる様だ。

「遅いじゃないか」

「……っ！　お前は……」

昨夜の三毛猫が言っていた事。後悔させてやるとは、この事か。

「いい加減にしやがれ！」

「おっと。それ以上、近付けば子供を噛み殺すよ」

「くそっ、卑怯だぞ！」

――卑怯。

そうか、コイツ等はまだ何も見えていないんだ。狭い視野で足掻いているだけなんだ。

「甘い事ばっか、言ってんじゃねーよ偽善者！」

数匹が子供たちを取り囲んだまま人質にしている。

「ぱぱぁ」

「こわいよー」

「たすけてぇ」

「ああ、待っていろ」

「フン。待っていろって言ったって、どうするんだい？　偽善者」

「かかってこいよ」

「ばーか。お前はそこで何も出来ずに眺めていれば良いんだよ！」

「リーべっ！」

三毛猫はリーべに馬乗りになると少しずつ鉤爪を喉元へ突き立てていく。何故なんだ分かり合える筈なのに。同じ種族で争い合うなんて、この不遇な摂理の中では誰もが盲目になる、生きる為に必死で闇に落ちていく。

「待ってくれ！」

どうすれば分かり合える。ようやく人間を信じようと思えたのに。気付けたのに、選んだのに。あんまりじゃないか。俺からまだ奪うのか。この世は地獄だ。

「やめてくれ、何が望みだ！」

「情けないねぇ。さっきまでの威勢はどうしたよ、フン！」

「つまんない。もういいやお前たち。子供をとっとと殺しちまいな」

「へい、姉御」

「待てっ、やめてくれぇ！」

その時、後方から悲鳴が上がり取り囲んでいた猫たちが何かに怯え始めた。

「そこまでだ！　この場はこれより地域連合の預かりとする。オレのアニキを虐めやがって。覚悟はいいな」

（連合だ……）

（馬鹿なっ、何で連合が動くんだよ……）

（逃げなきゃ殺される……）

周囲だけでなく、三毛猫の表情からも血の気が引いていた。しかしこの声……

「リーベ！　お前たち！」

順に駆け寄り、頬に擦り寄ると、呆けたままの猫たちから距離を取る。

「久し振りだな、アニキ。子供出来たんだな……」

「お前っ、……コラ、なのか？」

見違えるほど逞しく、かつての軽率さは感じられない。ドスの利いた声で再び周囲の猫たちに向け叫んだ。

「アニキの家族はオレの家族だ。連合と戦争したい奴は掛かって来い！」

コラの号令に応え野猫たちを、さらに取り囲む一〇〇は超えるであろう組織化された猫たちの姿。

「私は男たちに無理矢理……、貴方みたいな方にならら、私……」

三毛猫は猫を被りコラを籠絡する考えだ。

「コラ、そいつは……」

「黙れ、メスが！　失せないと噛み殺すぞ！」

かつてのコラからは想像できないほど畏怖に満ちたオーラを放ち、野猫たちは途端に逃げ出していったのだった。

「アニキ、無事か？」

「助かったよ、と言うか何より驚いた……」

「今の奴等はこの辺一帯に巣食う野猫の集団でさ。連合に降《くだ》らない最後の生き残りたちだ」

「連合……？」

見てくれ、と顔を傾けたコラの右耳は裂けていて、ガリと同様にタマを失っていた。

「これはな、アニキ。勝利のVサインなんだ」

「勝利のVサイン？」

「オレたちは人間に屈さず野生で生きることを選んだ最後の集団。だが人間と対等に渡り合い、人間を認め、人間に認められた証として耳を切り安寧の庇護を得た。毎日決まった時間に食料を貰いながらも野生に生きる事を許された集団なんだ」

「そんな事が？　でも最後って？」

「俺たちは野猫なんかよりも長く生きられるし、もう飢えることも無いだろう。ただ、その代わりに子孫を残せない。今この命を謳歌する為だけに生きるんだ」

　コラの表情に後悔は無かった。

「それが、コラの選んだ答えか？」

「そうさ。自由には必ず代償が付き纏う。オレたちのように不幸な命を、これ以上作っても仕方ないだろ。不幸な輪廻を断ち切る、とかそんなカッコいい理由でやっている訳じゃあないけどさ」

　コラが選んだ未来。地域猫という人間に認められた集団猫。不遇の中に見出した一つの答え。凄いと思う、コラは本当に凄い奴だよ。

「コラが幸せなら、良いじゃないか。おめでとう」

「ありがとう。オレ、アニキに色々と……、って言っても既にそんなの見抜いているよな」

　ボスから聞いた話の事か。結局は俺が招いた不甲斐無さだ。

「気にしていない、と言うか感謝したい位だよコラには。お陰で俺はボスに会うことが出来た訳だし、今こうしてリーベと出逢えたんだ」

「……ありがとう、アニキ。何だか心が救われたよ」

「俺はまさに今、救われた。ありがとう」

長く兄弟として共に過ごし多くの事を分かち合ってきた筈なのに、乗り越えてきた筈なのに。初めて今、心から理解し合えた気がするよ。

「アニキはこれからどうするんだ？」

「『パパ』や『ママ』の所へ、帰ろうと思うんだ。子供たちを連れて」

コラは小さく頷いてから優しく微笑んだ。

「それが、アニキの選んだ答えなら応援するよ」

「ありがとう」


コラと地域連合の助力を得て俺たちが目指す家が目前という場所まで無事に辿り着くことが出来た。

「この通りを進んで曲がった先が家だよ」

「コラ、本当に世話になったな」

流石に『パパ』や『ママ』たちと会う訳にはいかないか。

「何言ってんだよ。オレが今までどんだけアニキに助けられたか……ありがとう」

解かっている。これがコラとの最後の会話になるんだろうな。

「それぞれが選んだ未来だ。後悔は無いし、寧ろ楽しみだ」

「ああ。アニキが言うなら間違いないな」

「今までありがとう、コラ。元気でな」

「アニキこそ、ちゃっかり子供作りやがって。お幸せに」

久し振りの、そして最後の挨拶だ。互いに頭を擦り寄せ合ったあと振り返る事は無かった。

「待たせたね、行こうか！」

「おなかすいたぁ」

「コラどこいくのぉ」

「だっこぉ」

この角を左に曲がれば家が見えてくる。色んなものを選んでは捨ててを繰り返す長く辛い旅だった。でももう終わる。ようやく未来が始まるんだ。

「ごはんはぁ？」

「まぁだぁ？」

「はーやーくぅ！」

走り出したニヒをリーベが追いかける。

「ごはん、ごはんっ」

「もうっ、危ないわよ」

もう目の前に安寧が待っているんだ。緩んだ口元に綻びが生じた。

「ニヒっ！」

衝撃音のすぐ後に車が目先の通りを過ぎ去って行く。二匹の子供たちを連れ、共に少し遅れて角を曲がると未来が、愛が、重なり合い潰れていた。

「……リーベ、そんな……、ニヒっ、返事してくれ……」

リーベの頬へ崩れ落ちるように擦り寄ったが既に絶命している。

「こんなにも、俺たちの命は儚いのか……」

立ち止まれない。まだ全てを失くした訳では無い。オップもファーも。ボスも、ニヒも、そしてリーベさえも。失った代償は余りに大きく俺の秤は振り切れた。しかしこの場に居ては、いつ命が脅かされるか分からない。生き残ってくれたこの子たちだけでも……。

「『パパ』、『ママ』。約束通り帰ってきたよ」

庭先で覇気無く声を挙げてみる。大丈夫、きっと信じて良かったと思える筈なんだ。選んだ未来は正しかった筈なんだ。失った代償は無駄では無かった筈なんだ。

『ヴァールか、ヴァールだなっ！　逸陽！　ヴァールが子連れで帰って来た！』
窓を開けた『パパ』は俺を俺と認識してくれたらしい。そう、今日でアニキは卒業だ。
これから俺は「ヴァール」だったな。
『心配したんだぞ、ヴァール。……おかえり』
優しい手だ。優しい声だ。ここに未来が在るのだと、信じさせてくれる暖かい心だ。
「ただいま」

彩歌

孤独と不安で押し潰されそうだった。自分さえ食べていく事もままならない生活で、お腹の子供たちを育てていけるのか。

行く宛ての無い私は、ただ頭を下げる事しか出来ない私は、人間に虐待され捨てられた私は、人に乞う事が出来ない。植え付けられた恐怖心が拭えず目の前にすると震え、嘔吐してしまい、さらに侮蔑の眼を向けられてしまうのだ。

お腹の子を護るため争う訳にもいかず、ただ頭を下げて回る日々に正直疲れていた。もう心の何処かで諦めていたのかもしれない。そんな時に貴方は現れた。貴方と出逢えた。

あの日の事は忘れもしない。貴方に出逢えた幸運を想えば、失って構わなかったと自分に言い聞かせられたから。

気持ちが幾ら溢れても、若い貴方と結ばれるには遅過ぎて言い訳ばかりで自分を慰め裏腹な事ばかり繰り返していた。

貴方を失ってからは何もかもが、もうどうでも良かった。生きる意味を見出せず偽善で繕い自分を欺く日々、失くして募る恋心。

貴方は再び現れて汚れ切った私さえ包んでくれた。夢の続きを観させてくれた。結晶という未来を描いてくれた。

貴方と出逢えて私の心は救われたの。だから悲しまないで。想いは全て結晶に託し未来を生きる。未来に生きる。

貴方と出逢えて、愛してくれて、未来をくれて、ありがとう。

――三枚、四枚。
白詰め草の葉を重ね
解き放たれた芝桜。
重い想いと知りながら
菫に揺れて、大紅団扇を滾らせた。
少し遅い菫色、君子蘭が咲き誇る。

黄梅を求めては
向日葵のようになれたなら
想いよ届けとただ、願う日々。

――五枚、六枚。
風信子《ふうしんし》は菫色《すみれ》。
竜胆もまた、菫色。

星の瞳と薫衣草《くぬえそう》。
篝火花は焦がれて紅《あか》く
戻れぬ色に想いを馳せる。

――七枚、八枚。
貴方の色に染められて
萱に願う、必ず叶う。
皚皚《がいがい》たる牡丹一華と

西洋木蔦《せいようきづた》、緋衣草《ひごろも》。

――九枚。
蒲公英は道端に咲く。
紫陽花に愁える日も、必ず染まる。貴方が染める。

ほうら十枚。
勿忘草《わすれなぐさ》を貴方の胸に。
いつまでも、貴方と共に。

自由の証

またアニキを、兄弟を裏切った。オレは自他ともに認めるクズだろう。だけど、それでも人間と一緒に暮らす事なんて出来ない。見下されてまで生きる事に何の意味があるんだ。家から逃げ出し行く宛ても無く彷徨いながら空腹を呪った。腹さえ減らなきゃ苦労しなくて済むのになぁ。

流石に見知らぬ土地でいきなり大きな事をやってのける勇気はオレに無い。野生を選んだ以上は暫くゴミを漁って食い繋ぐしかないだろう。

しかし考えてみればアニキの影響力は大きかった。幾ら自分の飯は自分で盗ってきていたとは言えアニキの威を借りて、アニキに頼って生きていたのと同じだった。

何処もかしこも誰かの縄張り、広い世界は人間の縄張り。何か間違っている気がするんだ、この世の中は。反抗したい訳じゃ無い。屈服させたい訳じゃ無い。オレはただ、認めて欲しいんだ。オレという存在を。

『あら？　知らない子ね』

「何だ人間、猫なら誰もが簡単に媚びると思うなよ！」

しゃがむ素振りを見せた人間に対し、身を翻すと振り返ること無く立ち去った。


この辺りはどんな猫が仕切っているのだろうか。さっきから全く気配を感じない。それはそれで淋し、いや寒気がする。何処かでオレを監視しているに違いないんだ。

暫く歩くと一匹の猫を見つけた。何となく後をつけてみると広い公園に出た。公園の中央には多くの猫たちが徒党を組んで座している。これはオレを排除するための集会だろうか……。

公園の外から監視を続けていると、そこへやって来たのは人間たちだ。複数の人間たちは手に器を持ち水や食料を集まった猫たちへ与えている。猫たちは臆するでもなく当たり前のように食事し撫でられていた。

やがて一頻り食べ終わると人間は手を振り去って行く。

「何だ、コレ。どうなっているんだ？」

公園では、そのまま眠りにつく奴もいれば方々へ散って行く奴もいて「自由」そのものだった。人間に媚びるでもなく、束縛されるでもなく、そこにはオレが望んだ自由があったのだった。

すぐさま公園の中央に座す一匹の猫に駆け寄り、今行われていた一部始終を確認する。

「なあ、すまないが教えてくれ。今のは何だったんだ？」

「お前は誰だ？」

「ああ、コラと言って、はぐれ猫と言うか旅猫と言うか。自由な身分だ」

「薄汚い野猫が会長に近付くな！」

振り返ると既に退路は無く、包囲されていた。

「待ってくれ、オレは争うために来たんじゃない」

「ここは神聖な地域猫連合の集会場だ。野猫が入っていい場所ではない」

野猫？　何を言っているんだ？

「どうすれば、仲間に入れてもらえるんだ？」

「仲間にだと？」

周囲からの嗤い声には苛立ちを覚えたが、見知らぬ猫が突然現れれば当然の反応なのかもしれない。

「オレは自由が欲しい。人間に囚われるでもなく、媚びるでもなく対等な命として自由に縛られること無く生きたいんだ！」

「方法が無い訳では無い。俺たちだって元々は野猫や家猫など出生は様々だ。しかし仲間になるからには条件がある」

「条件？」

「人間の施す手術を受ける事だ」

「それは、一体……」

「コレを見ろ」

会長と呼ばれた猫の耳には裂けたような跡がある。

「他の猫たちの耳も見てみるといい」

周囲の猫たちも同様に片耳だけが裂けていた。

「その傷は何なんだ？」

「傷では無い。証だ」

「証？」

「人間と共存する為の契りを交わした証。これにより安寧の庇護を受ける事が叶うが、代わりに子孫を残す事が出来なくなる」

「何だって……」

「お前は自由の中に何を求める？　何を見出した？」

「オレは……」

「ただその日の飯が欲しくて来たのなら今すぐ立ち去れ。話を聞いてやって損した」

「……待ってくれ、オレは半端な覚悟で来た訳じゃ無いんだ」

「ならば、手術を受け入れるんだな？」

「……ああ」


次の日には会長に背中を押され、食事の供給にやって来た人間へ紹介された。

「一旦は人間の下へ連れて行かれるが、案ずるな。今日中には帰って来られるだろう」

「わ、分かった……」

人間は小さな檻にオレを閉じ込めると車に乗せ『病院』と言う場所に向かった。

気が付くと白い部屋で白い服を着た人間がオレの身体を触っている。しかし何故か身体に力が入らず抵抗することが出来ない。再び目覚めるとオレから「男の証」が失われ、代わりに「勝利の証」を得ていたんだ。

人間は優しくオレを撫でた後、会長の居る公園で解放した。

「よくやった。これでお前も地域猫連合の仲間入りだ」

それからの日々は会長に付いて多くの事を学ぶ時間に充てる事にした。時間はある、人間が施してくれた手術によりタマは失ったが長い寿命と飢えない保証が得られたんだ。それまで足掻いていた生きる為の本能や、常に隣にあった焦燥感も薄れていき最近は大人しくなったと自分でも思う。


「コラ。お前の考え方は好きだ。俺も昔は人間を憎み続けていたからな」

「会長が？」

「俺も野猫だった。地獄を生き抜いてきたんだ」

「そうだったのか……」

会長と話していると、何だか落ち着く。全てを見抜いたような瞳には敵わないし、どことなくアニキに似ているんだ。オレも落ち着いたし、今ならアニキと分かり合えるかもしれないな。無事に脱走出来たのだろうか。

「まだ先の話だが、実はコラに会長を継がせようと思っている」

「ああ。……えっ！」

「今は地域猫として争い合う事も少なくなったが、常に統率するリーダーは必要だ。何より地域猫に降らない野猫は未だ多く存在している。しかし今のメンバーたちは元家猫が多くてな。闘争心に欠けるんだ」

「オレなんかが、会長……」

「嫌か？」

「めちゃくちゃ、嬉しい……」

「それは、良かった。その為にもコラには色々と覚えてもらわなくてはな」

「はい！」


目標が出来た。生きる楽しみが出来た。いつかアニキにまた逢えたなら見せてやりたい。このオレの雄姿を。そして逢えたなら今度こそ言おう。これまでの事や今までの確執も全部、全部に対して感謝を伝えるんだ。

卑屈にならず向かい合って、胸を張って言いたい。ありがとう、と。

未来を照らす

「何匹くらいになりそうですか？」

「今月は多くて困っているんですよ、五十匹は居ます。ついさっきも黒白のハチワレを三匹捕まえてきた所で……」

「県から相当な圧力が掛かっています。大丈夫ですよね？」

「ええ。それはもちろん、今月も殺処分はゼロです」

「産廃業者が儲かって仕方ありませんね」

「そうですね……。今月も廃棄処分費用に予算を割いていただき、ありがとうございました」

「いえいえ、今月も安心しました。それじゃあ失礼しま、」

「待って下さい！」

「何だね、君たちは」

「今の話、本当ですか？」

「い、入部さん……。県議、この方たちは……」

「行政を良くするための県議会議員ともあろう方からは考えられないような不適切な発言があったかと思います」

「だから、何なんだね君たちは！　所長、彼らは？」

「その……」

「申し遅れました。私は公益社団法人、保護猫郷後会《きょうこう》の代表理事を務めております入部秀と、こちらが妻の逸陽です」

「郷後会……」

「憶えておられないかも知れませんが昨年、県庁にて表彰していただいた際に一度、お会いしています」

「あ、ああ。そうでしたか、これは失礼致しました」

「県議、貴方の様な立場の方から不適切な発言が出てしまうのは非常に残念です。この件は詳しく追及し公表させていただきます」

「それは、脅しているのかね？」

「どう受け取っていただいても構いません。貴方の様な方をどんどん引き摺り下ろすことは国のため、法改正に向けた近道でもあるんですから」

「……失礼する」

「け県議！　入部さん……」

「所長も、あんな政治家に屈してはいけません」

俯く所長の気持ちは痛いほど解る。この人は昔から大の猫好きだった。毎日のように依頼が飛んできて、あっという間に施設は満杯。しかし国から振り分けられる予算は微々たるもので我々の様な団体にも受け皿があるとは言えず、いつまでも預かっている訳にはいかないのだ。

世界的に動物愛護が謳われるようになった昨今では動物愛護後進国というレッテルを払拭すべく表面上だけの殺処分数ゼロを掲げ続けてきた。国政や市政を担う古い年代から見れば所詮は家畜、犬畜生に予算が割けるか、という事なのだろう。

考えを変えてくれるまで待っていては不幸な命に申し訳が立たない。そういう古い考えの人間たちは、どんどん引き摺り下ろしていくしかないのだ。

「今日は黒白のハチワレ兄弟が入荷しましたよ」

「逢わせて下さい」

「この子は一番大きい子ですが恐らく兄弟でしょう。片目がありませんが、どことなく表情に幼さがあります」

右目は喧嘩だろうか。瞼の上下にも爪痕が残っている。呼びかけには応じず眼を合わせてはくれない。何か考え事でもしているのだろうか。

「何だかリーダーの様なオーラを纏っていますね、この子は」

「ええ。檻に入れてからは餌も食べず、ずっとこうしています」

「この子は今、どんな事を考えているんでしょうね」

「さあ……」

物憂げな表情を見つめていると、これまでに多くの葛藤や苦労を重ねてきたのではないかと勝手に想像してしまう。気持ちを理解してあげられたなら、会話する事が出来たなら。

「続いて、この子も同じ柄の兄弟です。さっきの子とは反対に狂暴で檻に近付くと飛び掛かって来るため餌はまだ……」

この子を見た時、一目で分かった。人間への強い憎悪が恐怖心を上回っている。決して目を離さず睨み続けてくる様は気の強い性格を表しているのだろう。

「この子の心を開くには膨大な時間が掛かりそうですね……」

「……やめますか？」

「いえいえ。兄弟揃って引き取ります」

「助かります……。もう一匹の子は奥様が先に見に行かれています」

「少し老けて見えますが身体のサイズからして兄弟でしょう」

もう一匹の子の檻の前では逸陽がしゃがみ込んで話しかけていた。

「逸陽、先に手続きを済ませてしまおう」

「まだワクチンも打っていないので……」

「ワクチンだけは、この場でお願いしたいですが避妊や去勢はこちらで請け負います」

「……いつも助かります」

最後の子は何と言うか思慮深い、考えてから動くタイプの子だろう。しかしその目には恐怖が色濃く映し出されていた。

俺はキャリーを車に取りに行っていたのだが、戻って来ると逸陽が最後の子を抱えながら泣いていた。

「ごめんね。ごめんね……、もう怖くないよ」

「逸陽、傷は大丈夫か？」

「こんなの、この子たちが負ってきた痛みに比べたら……」

それぞれをキャリーに入れトランクに乗せる。

「パパ、あの子たちの名前、どうしよっか」

「そうだな……。少なくとも一番身体の大きい子はヴァールだ」

「ヴァール……、選択？　どうしてそんな名前を？」

「あの子は常に何かを選んで、葛藤している様に見えた。だからヴァール。その選択が報われて欲しいと心から思うよ」

「それなら、最後の子はケネンね！」

「ケネン……。知者、知ると言う事か？」

「そう、ピッタリでしょ」

「そうだな」

「なら狂暴な子はアレかな……」

「せーので当てっこしよっか！」


この子たちはもう充分、苦しんできた。あとはウチで家族として静かに、何に怯えることも無く幸せに暮らして欲しい。

エピローグ　〜To The Bright Future of Animals.〜

――「わーい！」「きゃははは」

「見てくれているか？」

子供たちは大きくなり俺の背で遊ぶのも、そろそろ限界だな。

――あの時の選択。

間違っていなかった、無駄では無かった、今を選べて良かったと心から誇れる。

「ぱぱ、さっきからだれとはなしてるの？」

「今この幸せをくれた全ての猫たちとだよ」

「ふーん」

「みて！」

「ほんとだ！」

珍しくベランダの窓が開いている。そうか、また閉め忘れたんだな。

「ほうら、こっちにおいで」

「えぇーっ」

「そとにいきたい！」

「外に在るのは、ただの自由だけなんだ。聞こえの良いこの言葉を履き違えてはいけないよ。つまりは何も無いという事。制限も無ければ保証も無い。行動しなければ責任だって無い。だけど猫が生きる未来はそこに無い。だから外に出てはいけないよ」

「むずかしぃー」

「わかーんない」

『ありがとう、ヴァール。トゥラとベヴァイスに危ないよって教えてくれたんだね』

　慌てて戻って来たようだが、全く。

「ったく。しっかり頼むぜ『パパ』」


　子供たちが大きくなるにつれ俺は少し小さく、弱くなった様だ。

「ジイ……あ。すまん、ケネン。話がある」

　最近は記憶の混濁も激しい、あの旅路が昨日のようにも、遠い昔のようにも思えた。子供たちは今年で二歳になる訳だから三年近くも前になるのか。

「っ……！　……二人の時は、アニキとジイで良いと決めたじゃないか」

「そうだ、そうだったな」

「アニキ……」

「……だろうな。散々無茶してきたんだ。当然だろう」

「アニキはずっと正しかった。今も、これからも」

「ありがとう、ジイ」


『ママ』と『パパ』はここかな？

「なんだ。トゥラたちと一緒に寝ていたのか」

起こすつもりは無い。最後に不思議なビニールを貰おうかと思ったんだが、この寝顔だけで充分だ。

「ありがとう、幸せをくれて。ありがとう信じてくれて。信じさせてくれて本当に、ありがとう」――


『パパ起きてっ！　ヴァールが居ないの。ご飯の器も空だし……』

『もうずっと動けなかった筈なのに……。ヴァール、何処に居るんだ、ヴァール』
『パパ、また窓が開けっぱなしじゃない！　もうっ』

不遇の天秤　　完

おまけ

～弱きを助け、粗略を挫け～

白血病。

それは私の名前だろうか。

そう告げられてから私の世界は、この小さな檻の中だけとなった。顔を上げれば楽しそうにじゃれ合うモノたちが自由な時を謳歌している。

私が何をした？

私は、私の事が解らない。

身を小さく丸め孤独の温もりに埋まると触れた左右の壁が脆弱な体温を奪い去る。この世界に私の居場所は無く、私の存在は許されない。

ある時、私に気付き歩み寄るモノが居た。しかしアノ男は私に近付こうとしたモノを大きな声で怒鳴りつけたのだ。初めて聞いた怒鳴り声に小さな私の心臓は破裂してしまいそうな程、激しく脈を打ち小さな胸は、きつく締め付けられる様に苦しかった。では何故生かし続けるのだろう。さっさと殺せばいいものを。

目を閉じれば蘇る。アノ男と出逢った日の事を。回顧する穏やかな陽だまりでは私を愛でるアノ男が今日も優しく微笑んでいる。幸せだと、これが幸せなんだと思い、その胸で抱かれるまま抵抗する事は無かったのだ。

アノ男と出逢う前の私は奔放な性格も相まって同じ場所に留まる事はせず宛てのない旅を続けていた。着の身着のまま自由な大地を闊歩し、食べたい時に食べ、眠りたい時に眠るだけ。行きずりの恋に身を任せた時もあったが今では遠い昔の様に想う。

自由を得る代償として自分の身は自分で守らなければならない。思えばあの時、既に疲れていたのかもしれないな。

フッ……

と口角を上げてしまった自分を正し、窮屈な檻の中で少しだけ伸びをする。

敗北など考えた事も無い。

私が産まれた地域は無情な程に白が降り注ぐ凍てついた大地であったが生き抜く為に皆強かった。

例え自然が、愛を育まずとも。

例え誰かが、愛を育まずとも。

私はこの世に生を受け、生まれたのだ。

例え両親が居なくとも。

例え兄妹が居なくとも。

生まれたならば生きねばならない。

何かに紛れ
何かに塗れ
何かに怯えて生きてきた。

白が溶け出すと舌が痺れる痛みだったが背に腹は代えられない。水で満たさねば死んでしまう。ここは駄目だ、もっと暖かい場所は無いのか。

こうして私の旅が始まったのだ。

どの位の時と、どの位の距離を歩んで来たか。
泥を啜り、塵を漁り、それでも私は生きてきた。

そうして、ようやく辿り着いたのだ。

初めて覚えた感情、生まれて初めて感動した。
澱んだ空気を振り撒き続ける建物たちから澱みを、汚れを吸い込む様に突如として現れた悠然と聳える木々。広大なその中には見渡せぬ程の水溜りがあり淵には色鮮やかな桃色が己の顔を覗き見ながら上下に彩を添えていた。

探し求めた安住の地。
それはここだと本能が告げる。

珍しく高揚したのか足取りも軽く、水溜りに浮かんだ大きな鳥を眺め歩いていた。あの白い鳥は何だ？　人間が二人、鳥の中に居るではないか。成程、そうか。この安住の地では醜い争いも無く皆、仲良く暮らしているのだろう。

気の抜けた私は、目の前に現れたモノたちの気配に気付けず不意打ちにより片手に大怪我を負った。

一対三が卑怯だとは思わない。

不意打ちが卑怯だとも思わない。

これが、これこそが自由の代償なのだ。

美しく見えるソレには、いつだって死が付き纏う。愚かにも気を抜いた私は死を覚悟したが、その時私の命を救ったのがアノ男だった。大声を挙げながら駆けて来るなり動けない私を抱えると、その場から直ぐに逃げ出す。正直、格好良いとは呼べないものの命を救われた私にとって、かけがえのないモノを感じたのは確かだ。

安堵からか急な眠気に襲われ、薄れゆく景色の中に意識を手放す。

気が付いた時には優しく微笑みながら私を愛でるアノ男が居た。光を反射する銀の台上に横たえ、ここが何処かと不安に思う気持ちと初めて感じる暖かな温もりが鬩ぎ合い勝ったのだ。

いつまでもこうしていて欲しい。そう思った矢先、他の見知らぬ男が近付き思わず威嚇しかけたがアノ男に制止され、掻くように強く愛でられると感情の昂りは次第に落ち着いていった。

白血病。

確かに、そう聞こえた。

もちろん意味など知る由も無いが昔、旅先で出会ったモノに聞いた事がある。【名前】と言うらしいが、どうやらそのモノを指し示す目印の様なモノかと聞き流した。

白血病。

確か当時、聞いた話では、もう少し端的な印象を受けたと思うが何より私にも目印が居場所が与えられたようで心地良かったのを覚えている。しかしアノ男は私に向き直り一度だけその名を呟くと哀れんだ眼で見下ろしていたのだ。

私には解らず、ただ愛でる手が止まってしまった事が何より悲しく生まれて初めて人に擦り寄ってみた。

自分の姿を俯瞰し、何だか照れ臭くて伏し目がちに男の顔を覗き見る。

辛かった。

悲しかった。

今まで生きてきて幾つもの感情を覚え苦しみを乗り越えて来た筈なのに。この時、抱いた感情はそのどれもを軽々と凌駕し感じた事も無い羞恥心と罪悪感が塗り潰し、身を焦がした。

私が何をしたのだろう。

私は何をしてしまったのだろう。

後方に飛び退いたアノ男は慌てて私が擦り寄った箇所を必死で拭っていた。

茫然と立ち竦む私の腕に、もう一人の男が何かを刺すと小さな檻へと促され再び遠のいていく意識の中で安らぐ緑の風と自由な匂いに包まれる。

まだ間に合うのなら心から謝罪したい。
擦り寄ってはいけないと知らなかったのだ。私には親も兄妹も居らず触れ合い方も知らなかったが、あの時アナタが愛でてくれて嬉しかった。ただもう一度、その手で愛でて欲しかったから私は頬を寄せてしまった。
もうしないから、もう一度だけ愛でて欲しい。他のモノたちが目の前でされている様に私の事も愛でて欲しい。手狭な檻にも慣れたから。もう一度だけ触れて欲しい。

私の声は届かない。
私の叫びは届かない。

騒ぎ立てる他のモノたちの声に顔を上げると目の前にはアナタが立っていた。ようやく巡って来たのかと小さな胸を躍らせたが檻ごと持ち上げられ私と目が合う事は無かった。

何度呼んでも

何度叫んでも

私の声は届かない。

今度は何処へ行くのだろう。

乗せられた白く大きな動く箱は上下に激しく揺れている。立つ事も横になる事も出来ず揺られるまま身体中に痛みを覚えたが何より心が痛かった。この時もう一つ思い出したのが我々の種族が迎える宿命についてだ。やたらと詳しく教えてくれた物知りな良い奴。だけど自由を求めた私は共に歩むことを拒んだのだ。最後に教えてくれた事、それが我が種族の宿命についてだった。

一年という単位は解らなかったが桃色が緑になり、赤々と燃える様に彩ったあと枯れていく。そしてまた彩を付けるまでの間に同じ種族が七万頭殺されるそうだ。七万という単位も私には理解出来なかったが心配そうに見送る素振りから、とても多いのだろうという事は分かった。そのモノたちは増え過ぎたから殺されるのだと言っていたが何故そうなってしまったのだろうか。

この白い箱の行く先は判らないが恐らく私は殺されるのだろう。ならばせめて、ようやく辿り着けた桃色を。水溜りに映える彩を、もう一度見たい。何より最後にもう一度だけ触れて欲しい。

私は誰だ。
私は何だ。

生きていてはいけなかったのか。
擦り寄った事が過ちだったのか。
檻ごと壁まで吹き飛ぶと私は小さな天井を見上げている。白い箱は止まり何処かへ着いた様だ。私に待っていたのは安住では無かったが、せめて最後に感謝くらい述べてもいいだろう。

ごめんなさい。

ありがとう。

最後まで眼が合う事は無かったが声は届いていたと信じたい。

私の檻は見知らぬ人間に手渡され、アナタは振り返る事無く行ってしまった。自らの失態と無知を恥じる。

ごめんなさい。

傷心に俯き、間も無く終わる命について回顧する。

どんなに反省を繰り返してもアナタはもう戻らない。ふと顔を上げると二人の人間が檻を開け手を伸ばし入れてきた。殺される、もう終わってしまう。私は生きていては駄目なのか、もう何もかも許されないのか。

昂った感情に任せ押し入って来た手に噛み付くと慌てた人間が後方に仰け反る。

今なら！

無我夢中で檻から飛び出すと気力を振り絞り、力の限り逃げ回った。

死にたくない。

殺されたくない。

どれ程、逃げまわったか定かでは無いが気付くと老いた二人の人間は膝を折り、床に手を付いて瞳から水を溶かしていた。人間は白くも無いのにどうして水を流すのだろうか？老いた人間は手を差し伸べながら悲しみに声色を震わせている。何故この二人が悲しむのだろう？　殺されるのは私なのに。

二人は差し伸べた手を決して引かず、私の体力も限界に近い。

もう疲れた。

良い命だったとは言えないが最後はせめて、あの温もりを想い描き抱かれながら死んでいきたい。疲れからか意識が途絶えた私は、あの温もりに抱かれていた。心から待ち望んだ、あの温もりに。

目を開けると老いた人間に抱かれていたと気付き慌てて噛み付いてみせるが今度は抱いた手を離してはくれない。それどころか苦しい程に抱きながら私の事を愛でたのだ。嬉しいのは私なのに二人は『ごめんね』『怖かったね』と声色を震わせて笑みを零す。

目印では無いのか？
私は殺されるんじゃ無いのか？

二人は『ウィッシュ』と繰り返し、何度も何度も愛でてくれる。堪らず私が少しだけ頬を摺り寄せると喜びながら逆に顔を擦りつけられた時には反応に困ってしまった。

私は生きていても良いのか？
その問いの答えを二人は毎日、愛情で示してくれる。

「ウィッシュ。そろそろ散歩に行こうか」

日課となった散歩だが、私は抱かれたまま決して動かない。初めて知った【愛】から片時も離れたく無いからだ。

私は今日も抱かれたまま覗き観る。

今は色付き赤々と燃ゆる彩を。

色付きを返す、その水面を。

いつまでも

この人たちと共に。

弱きを助け、粗略を挫け　完

※このエピソードは二〇二〇年にKindleストアにて電子書籍として既に販売されたものを一部、改編して収録しております。

あとがき

野良猫という種類は本来、存在していません。特に猫の場合は他の愛玩動物とは違い人間の生活と寄り添い合う為に品種改良され生み出された種族です。

しかし、心無い飼育者の一方的な都合で野に放たれ、生存本能から何とかこれまで生き残ってきました。やがて数を増やした猫たちですが厳しい野生環境下における平均寿命は約五年と言われており家庭で飼育されている一般的な猫の約十六年という平均寿命に比べ三分の一以下しか生きられないのです。

過酷な環境を生き抜くだけでもギリギリであるのに関わらず人間に見つかれば殺処分が待っています。彼らは何故これ程まで苦しまなくてはならないのでしょうか。人間の無責任が生み出した責任は人間が取らなくてはなりません。

近年、世界的にも動物愛護の意識が高まる中、この日本は動物愛護後進国と言われており政府は躍起になって表層を繕っています。蓋を開けてみれば受け入れるだけの施設や予算が圧倒的に足らず、国からの圧力で県が、県からの圧力で市区町村が偽りの殺処分ゼロを掲げ続けている現状。二〇一八年度最新のデータを見てみると猫の殺処分数は三万七百五十七匹とありますが本当にそうでしょうか。

五年前や十年前に比べ水面下で奮闘してくれているボランティアさんのお陰で、どんどん数は少なくなってきていますが、計上し辛くなった分だけ可燃ごみや生ごみとして民間に依頼し焼却処分されたり害獣として駆除することで殺処分をゼロとして計上する県が増えました。

見栄や形式だけの動物愛護を謳っても意味は無く、そろそろ本当の殺処分ゼロに向けて国を挙げ取り組むべき時代なんです。

その為にも先ず多くの方々に猫や犬が置かれている現状を知ってもらい一人一人の意識を根底から構築していく必要があります。そして強い意識を持った方が増えてくれることで市区町村や県に、そして国へアプローチし法改正へと動いていくのです。

人間と猫や犬たちの命が平等と言えば確かに語弊があり綺麗事に聞こえます。動物が嫌いな方やアレルギーの方も居られるでしょう。しかし、我々人間は高等な知恵を持つが故同じ動物として圧倒的に強者の立場であり、どれほど虐げられようとも文句を発信できない彼らは人間が生み出した被害者であり圧倒的な弱者です。だからこそ人間は持ち得る力を行使して弱い立場である彼らを尊重し、今こそ護っていかなければ所詮は蹂躙するだけの下等な動物として歴史の一時代で終わるでしょう。

動物愛護だけでなく環境破壊など地球規模で人類が抱えている問題は山積みです。かつて地上を支配した昆虫や恐竜には無い高等な知恵を授かった人間ならば繰り返される崩壊の歴史を覆すことが出来るかもしれない。未だ戦争を画策する下等な人類を糾弾し真の平和な世が後世に訪れる事を心から願っています。

話のスケールが飛躍しましたが、動物愛護だけでなく弱者を救おうとする精神は全てに通ずるものがあり、より多くの方がそんな考え方にシフトしていけたのなら本当の平和は目前でしょう。現在の日本は表層上の平和に塗《まみ》れ悪事や黒いものが全て闇に葬られています。

知らなかったから、ではなく知ろうとしなかったんです。これまでは知った所で潰されて終わりだったかもしれない。しかし今なら、この情報発信に優れた時代でなら多くの方と共に声を挙げ法改正に向け動く事が出来る筈です。

表面をアメリカに護られ、地盤を中国との癒着で成り立たせ常に顔色を窺いながら台本を読んできた情けない敗戦国日本としてでは無く、これからは本当の意味で世界に意見を発信していける国造りが出来るよう国政に強く動物愛護を訴えていきます。

この作品を読んで下さった方々が明日、道端で寝転がる猫を見かけた時。何かがほんの少しでも変わってくれたのなら幸いに思います。

これから先も過酷な猫たちの運命を、未来を明るく照らせるよう人生を賭して挑んでいきます。

お読み下さった読者の皆様、そして出版と活動に賛同して下さった多くの方々。本当にありがとうございました。

動物たちの明るい未来を目指して。

最上　終

活動に協力して下さった皆様

平成建設

田中俊臣

活動に協力して下さった皆様

一般社団法人保護猫嚮後会

プチ・アニマル

積本修二

定裕美

活動に協力して下さった皆様

橘秀毅

上杉仁帝

あゆみっくす

柳沢ひとみ

江崎晃一

珠ちゃん

磯料理みやした

磯料理大西

活動に協力して下さった皆様

田村千鶴子

池谷恵

加藤弓江

長倉志季

長倉智恵子

林めぐみ

佐藤昌子

久保美佳

真野沙弥子

阿岸祐一

活動に協力して下さった皆様

Mr.STAMP'S

Wine Garden

OFFICE 最上　終

活動に協力して下さった皆様

沼津みなとアートビル

ねこや

活動に協力して下さった皆様

HAIR DESIGN

DEAR

気軽な手もみ屋　もみかる

沼津香貫店

活動に協力して下さった皆様

著者略歴

最上　終（もがみ・しゅう）

新潟県生まれ、千葉県育ち。高校を中退後、リゾートホテルに就職。支配人まで務め、退社後に起業するも僅か２年で廃業。多額の負債を抱え、自殺を試みるが動物たちの癒しに心を救われ、気付かされた想いを世界へと発信するため筆を執る。

・一般社団法人 保護猫嚮後会　代表理事
・一般社団法人 青少年未来育成協会　代表理事
・office 最上 終　代表

【著作】『鬼ヶ島戦記 －Record of Onigashima War－』風詠社（2020年）

不遇の天秤 ―野良猫たちの物語―

2021年8月18日　第1刷発行

著　者　最上　終
発行人　大杉　剛
発行所　株式会社 風詠社
〒553-0001 大阪市福島区海老江 5-2-2
大拓ビル 5 - 7 階
TEL 06（6136）8657　https://fueisha.com/
発売元　株式会社 星雲社
（共同出版社・流通責任出版社）
〒112-0005 東京都文京区水道 1-3-30
TEL 03（3868）3275
印刷・製本　シナノ印刷株式会社

ISBN978-4-434-29306-1 C0093